樂讀456——初階115

妖怪一族③

窸窣森林大搜查

文 富安陽子 圖 山村浩二 譯 游韻馨

目錄

角色介紹

居住在化野原集合住宅區的妖怪九十九先生一家

山姥

九十九一家的奶奶。居住在深山中的年長女妖，有吃人的習慣。也稱作鬼婆、鬼女。

見越入道

九十九一家的爺爺。喜歡在深夜驚嚇路人的妖怪，可以自由改變體型大小。

轆轤首

九十九一家的媽媽。長頸妖怪，脖子能伸縮自如，甚至可以伸長到超高樓層。

滑瓢

九十九一家的爸爸。聰明又優秀的化野原妖怪首領，有著老成的外貌和光頭。在別人家總表現得像主人一樣。

一目小僧阿一

九十九一家的大兒子。光頭，額頭正中間只有一隻眼睛的妖怪，但是視力很好，連遠方的事物都能看得一清二楚。

天邪鬼阿天

九十九一家的小兒子。喜歡惡作劇的妖怪，力大無窮、跑步飛快。

小覺

九十九一家的女兒。天生具有超強讀心術的妖怪，在她面前，沒人能隱藏自己真實的想法。

角色介紹

九十九先生一家的人類朋友

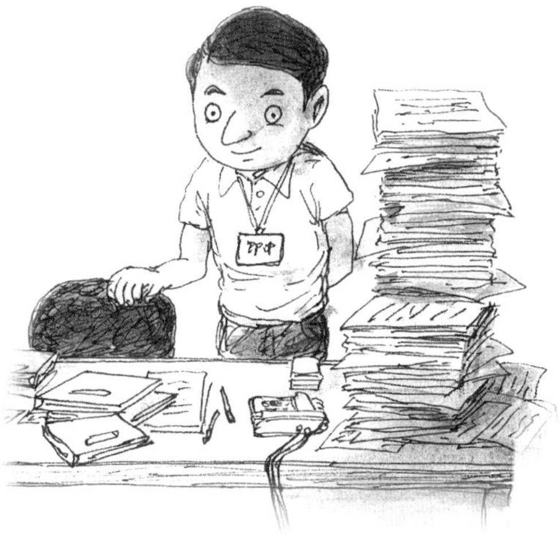

野中先生

市公所地區共生課的職員，專門處理因為住宅開發而衍生的先住妖怪問題。

的場局長

化野原集合住宅區的管理局長。態度親切、身段柔軟，不管住宅區發生什麼問題都能立刻解決。

女神姬美子

從市民福祉課轉調到地區共生課的職員。是個狂熱的妖怪迷，天生具有能感受妖氣的靈異體質。

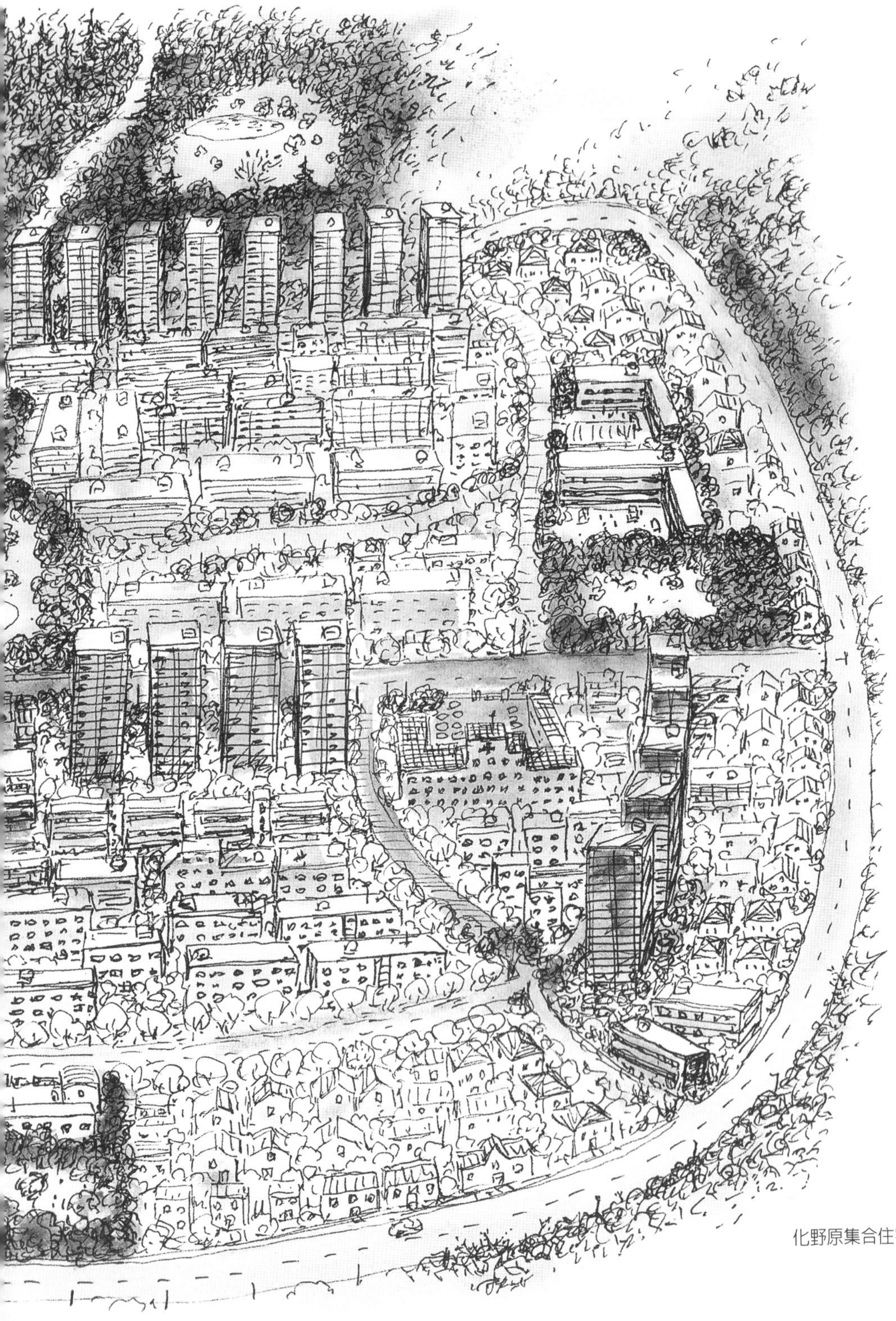

化野原集合住宅區

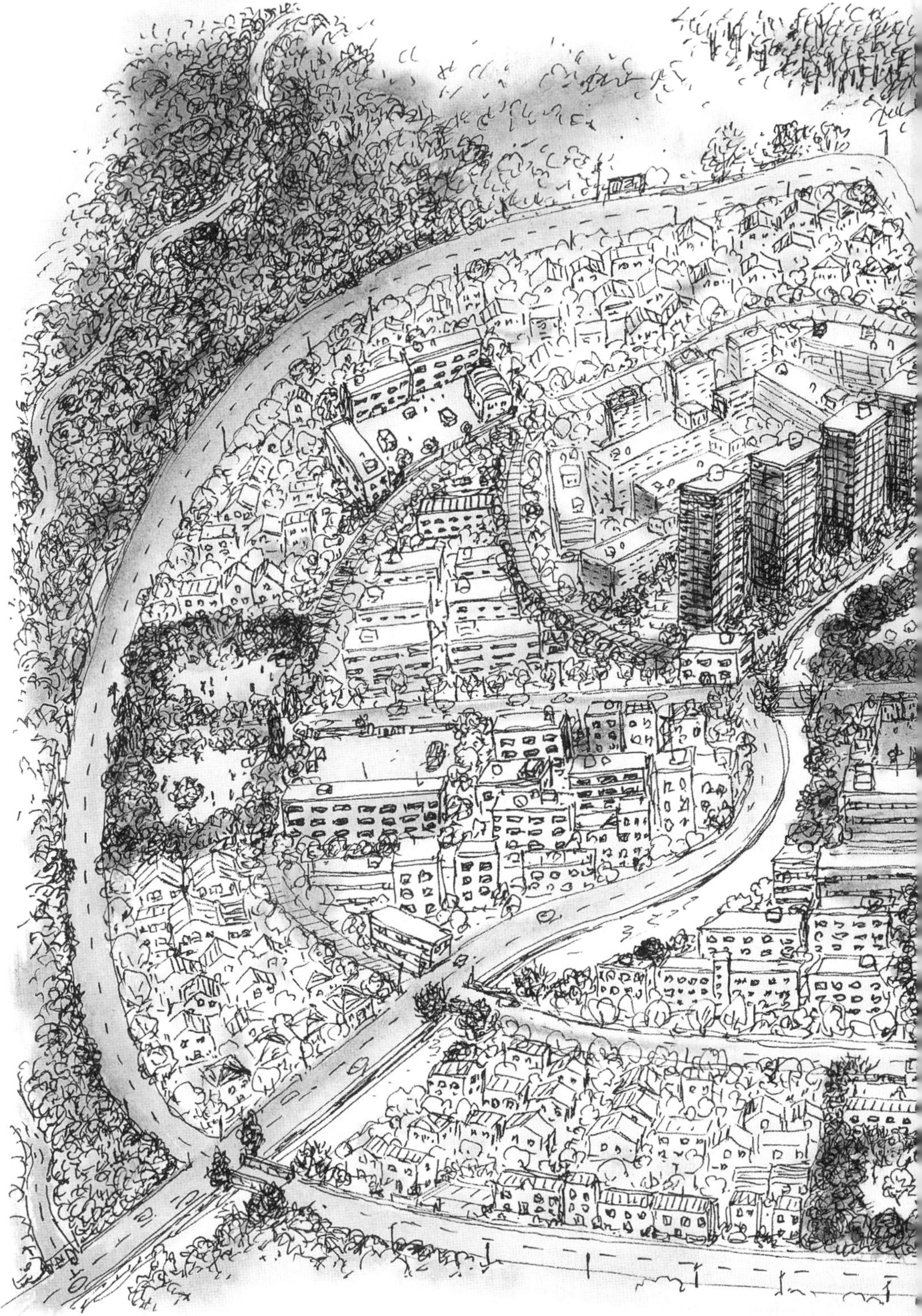

窸窣森林裡的妖怪

某個秋天的傍晚，空氣中飄散著丹桂的迷人香氣。滑瓢爸爸和往常一樣，前往市公所地下一樓的地區共生課上班。他一開門就看到一名陌生的年輕女子坐在入口旁的桌子前，雙手敲著電腦鍵盤。

這名女子看到開門走進來的滑瓢爸爸，雙手立刻停下動作，推開椅子站起來。她留著捲捲的鮑伯短髮，脖子上圍著一條絲巾，起身時，捲翹的髮尾和絲巾也隨著身體的動作飄了一下。

女子有一雙大眼睛，濃密的睫毛讓她的眼睛看起來更加有神。

她瞪大雙眼對著滑瓢驚呼：「我的天哪，太驚人，太感動啦！」

滑瓢爸爸盯著眼前這位年輕女子，他聽不懂女子剛剛說的話是什麼意思，於是開口問：「不好意思，請問……你是哪位？如果我沒弄錯，這裡應該是地區共生課的辦公室吧？」

女子的大眼睛閃耀著天真無邪的光芒，她連點了五次頭，不過點頭的模樣看起來很像是在甩頭。

「是的，是的，這裡是地區共生課沒錯！您一定就是那位名震天下，轟動武林、驚動萬教，內行人才知道……不對，是全天下人都

秘
秘

知道，哭泣的孩子看到您就不哭的滑瓢先生，對吧？」

女子連珠炮似的說了一大串話，滑瓢爸爸不知道該怎麼辦，只好點頭回應：「是的，我就是滑瓢，請問你是哪位？」

「我就說嘛，一定沒錯！」女子忽視滑瓢爸爸的提問，以高八度的聲音大叫：「我就猜您一定是滑瓢先生，我在看到您的那一刻，有一股靈感嗶嗶嗶的竄了過來！我有靈異體質，天生就能感受到妖氣。這真是太棒了，沒想到可以在職場遇到超有名的妖怪！」

「你剛剛說職場？」滑瓢爸爸一臉狐疑的看著女子。

女子慎重的甩了三次頭。「是的，沒錯，我是市公所的員工。我到昨天為止都在市民福祉課工作，後來被野中課長提拔，從今天開始轉調到地區共生課和您一起共事，還請您多多指教。」

女子鞠躬致意時，捲翹的髮尾和輕飄飄的絲巾，又跟著身體的動作飄了起來。滑瓢爸爸還來不及回應，女子突然抬起頭大喊：「哎呀，哎喲，失禮啦！」

滑瓢爸爸被女子的反應嚇到，不過女子再次鞠躬對他說：

「真是抱歉！我還沒有自我介紹就對您說個不停。我叫女神姬美子，請您多多指教。」

對方一直跟他說「請多多指教」，可是滑瓢爸爸根本不知道該怎麼指教她。野中先生沒跟滑瓢爸爸說過會有新同事到職，所以他不清楚該如何處理現在的狀況。

「我想請問一下，野中課長去哪裡了？他好像不在辦公室……」

滑瓢爸爸環顧了一下狹小的辦公室，才開口詢問女神小姐。

平常滑瓢爸爸進辦公室的時候，野中先生都坐在自己的辦公桌前打電腦。看到滑瓢爸爸來上班，就會向他交代當天有誰打電話進來，說了什麼事情，或是更新執行中的工作進度，等全部工作交接完畢才回家。

最近地區共生課捨棄了原先固定的上下班時間，改成較有彈性的輪班制。早上到傍晚由野中先生坐鎮，傍晚到第二天清晨則由滑瓢爸爸留守。對身為人類的野中先生和身為妖怪的滑瓢爸爸來說，輪班制是兩人合作效率最高的工作型態。更重要的是，地區共生課服務的對象不只有人類。地區共生課的主要工作，是讓住在市鎮的人類和市鎮興建前就住在這片土地上的妖怪和睦相處、和平共生。

這陣子，有些妖怪得知了地區共生課的消息，會專程到市公所地下一樓的辦公室諮詢。由於妖怪的活動時間是傍晚到清晨，要是諮詢窗口的承辦人員傍晚五點下班，妖怪就會撲空，因此半夜有人留守，對妖怪來說反而比較方便。

滑瓢爸爸也是妖怪，他為什麼會在人類市鎮的市公所工作呢？這段過程說來話長，暫且省略。想了解來龍去脈的讀者，歡迎參閱本系列第一集《妖怪九十九搬新家》。

話題扯遠了，讓我們言歸正傳。

正當滑瓢爸爸詢問女神小姐野中先生的行蹤之際，地區共生課辦公室的門突然被用力打開，野中先生從門外飛奔進來。

女神小姐開心的大叫。

「太神奇、太意外、太巧合了！說曹操，曹操就到！」

「哎呀！對不起，我回來晚了。」

野中先生用袖口擦拭臉上的汗水，對滑瓢爸爸說：「我原本打算在你上班之前趕回來，沒想到現場調查花了太多時間……」

接著，野中先生看向女神小姐，只見她眨著一雙大眼睛，濃密的長睫毛也隨之上下扇動。

野中先生露出會心一笑，對滑瓢爸爸說：「你一定很驚訝吧？她就是從今天開始在地區共生課工作的女神姬美子小姐……我想，你應該已經打過招呼了吧？」

「是的，是的，我已經向滑瓢先生介紹過我自己了。」

女神小姐猛烈的甩著頭，她捲翹的髮尾像彈簧般上下彈動。

野中先生見狀，忍不住笑了出來。

「女神小姐是狂熱的妖怪迷，能看到滑瓢先生本人她真的很興奮。話說回來，若不是妖怪迷，也無法在地區共生課執行各種業務。要是我們的承辦人員一看到妖怪就發抖或尖叫，可是會嚇壞大家的。不瞞你說，女神小姐還有一項隱藏技能……不過這點我先賣個關子，之後你就知道了。

「還有，地區共生課不是只有內勤工作，有時候也要去妖怪出沒的地方查訪，如果遇到需要外出的狀況，辦公室就沒人了，所以我一直想再找個人分攤工作。讓新人在辦公室處理諮詢業務，我們就可以放心外出了，這就是我找女神小姐來這裡工作的原因。」

「原來是這麼一回事……」

滑瓢爸爸了解來龍去脈後點了點頭。女神小姐雖然沒有搭話，但也開心的跟著甩頭。

「對了，」終於搞清楚狀況的滑瓢爸爸，開口詢問野中先生，「你剛剛說現場調查花了太多時間，你今天去了哪裡？是什麼地方又出事了？」

「嗯……確實發生了事情，」野中先生點點頭說：「事情是這樣的，你還記得興建『櫸坂綠色山莊』住宅預定地的計畫嗎？去那裡進行測量作業的工作人員向市公所回報，說預定地角落有一處『窸窣森林』，他們聽見那片小森林傳出十分詭異的聲音，聽起來很像是有人用窸窸窣窣的聲音說『回去、回去』、『滾出去、滾出去』，而且有好幾個人都聽到了。市公所將對方的通報轉給地區共生課，希望我們去調查。」

滑瓢爸爸聽完野中先生說的話，點了點頭說：「原來如此，居然發生了這樣的事啊！聽你的描述，聲音的主人應該是妖怪……那你去現場調查後有什麼發現嗎？是不是那片森林有先住妖怪？」

「先住妖怪」指的是在人類造鎮居住之前，原本就住在該片土地上的妖怪族群。滑瓢一家也是在人類興建化野原集合住宅區之前，就一直住在化野原的妖怪。

對於滑瓢爸爸的提問，野中先生輕輕的搖了搖頭。

「根據今天的調查，結果還不明朗。我今天去窸窣森林，用手撥開雜草藤蔓進入森林內部，仔細查看有沒有妖怪留下的痕跡，但是沒有任何發現。我也在森林裡大聲喊叫，不過沒有任何妖怪回應。當然，我也沒有聽見詭異的窸窣聲。滑瓢先生，要是之後窸窣森林附近又發生什麼怪事，可能就要請你跟我一起去查看了。」

「老大。」

女神小姐突然出聲呼喊野中先生。野中先生回頭一看，發現女神小姐正坐在電腦桌前敲打鍵盤。

「我查了一下網路上有沒有窸窣森林的相關資訊，雖然沒有找到詳細的資料，但我發現那片森林的周邊，從江戶時代初期到中期都是當時藩主（注①）大人打獵的地方……簡單來說，窸窣森林以前是個獵場。當時森林裡有一座小小的『狩座神社』，江戶時代的古典通俗小說《草雙紙》，收錄了一篇與狩座神社有關的靈異故事。

「相傳某一天日落之後，有一名信使路過狩座神社，發現黑暗中好像有個東西在動，於是他往神社的方向看去，看到鳥居旁邊有一對狛犬（注②），其中一隻竟然從石座上跳了下來，在附近跑來跑去……我不知道這則靈異故事是否與窸窣森林的妖怪有關……不過那片森林是很久以後才取名為『窸窣森林』。聽說距今二十年前，人人都說每當太陽西下，經過那片森林就會聽見窸窸窣窣的說話聲，就是這樣才會將它取名為窸窣森林。還有，二十年前窸窣森林已經沒有神社，而且是早在很久以前就沒有了。我想江戶時代的靈異故事，應該跟二十年前的傳聞無關吧！」

「原來還有這樣的故事，」滑瓢爸爸雙手抱胸，「現在我們知道了窸窣森林的由來，但還不知道窸窣聲到底是怎麼來的……」

野中先生站在女神小姐身後，探頭盯著前方的電腦螢幕。

「總之，我們先加強巡視，看看這陣子窸窣森林有沒有什麼異狀再說。如果妖怪還住在窸窣森林，我們必須在動土興建住宅之前，找機會和那些住在森林裡的妖怪談一談。要是在談話之前，妖怪居住的地方被人類發現，後果將不堪設想。」

滑瓢爸爸和女神小姐聽完野中先生說的話，都十分同意他的看法，用力的點了點頭。

注①：日本江戶時代的「藩」相當於現在的「縣」，藩的領主稱為「藩主」。

注②：形似獅子和狗的日本幻想生物，常見於神社、寺院入口的兩側。

狗座神社
御用

神祕樹幹與注連繩

滑瓢爸爸在兩天前首次聽說窸窣森林的事情，在那之後，地區共生課一直沒有收到通報「窸窣森林傳出怪聲」的消息，不過野中先生還是每天都會去窸窣森林繞一圈，查看狀況。

這一天，滑瓢爸爸一進辦公室，野中先生就向他說明今天的巡視結果。

「今天還是一無所獲，看不到任何跡象，也沒有任何動靜。我每天都對著森林喊叫，也沒有得到任何回應。不曉得到底發生了什麼事，難道那些測量人員聽到的怪異窸窣聲是心理作用？他們都聽錯了嗎？」

滑瓢爸爸回應野中先生的話。

「我記得你說過有好幾個人在同一個地方聽到窸窣聲，所以應該不可能是聽錯，唯一的可能性是『自走妖怪』。這種妖怪的特性是會到處亂跑，不會待在同一個地方。根據女神小姐之前在網路上搜尋的結果，窸窣森林一帶是在二十年前才傳出有詭異的窸窣聲，既然不是好幾百年前就在那裡定居的妖怪，說不定現在已經跑到其他地方去了。還有另一個可能性……」

「還有另一個可能性？」野中先生插嘴問。

「另一個可能性就是住在那裡的妖怪十分內向，而且很會躲藏。事實上，的確有這樣的妖怪存在。」滑瓢爸爸回答。

女神小姐雙眼發出崇拜的光芒，在一旁小聲說：「我的天哪，太驚人，太感動啦！專家一出手，就知有沒有！」

野中先生也點頭同意。

「我知道了，你說的也有道理。有可能妖怪已經跑走了，不然就是還躲在森林的某處……為了找出答案，我這一陣子會繼續去森林巡視，大聲呼喊，或許過不久就能得到回應。等我找到答案，住宅區才會開始動工。」

儘管野中先生這麼說，事情的發展卻不是這樣。因為第二天傍晚野中先生去窸窣森林巡視的時候，發現森林已經被夷為平地，樹木全都不見了！

看到這樣的景象，野中先生震驚又憤慨的當場向監工大叔抗議，質疑他們不該把樹砍光。沒想到監工大叔居然發出一聲冷笑，開口大聲回嗆。

「你說森林裡可能住著妖怪？太可笑了！你身為市公所的員工，

竟然用這種可笑的藉口阻礙我們施工，小心我向媒體爆料這件事喔，笨蛋！」

「我不是阻止你們施工，而是為了讓工程順利進行才來找你談這件事。再說，要是不先向住在這裡的居民商量就任意開發，會導致很嚴重的後果。」

野中先生一說完，一根粗壯的樹幹突然無聲無息的飛了過來。野中先生見狀立刻抱頭閃避，樹幹就這樣直接打中了他身旁監工大叔的屁股，大叔哀叫一聲「好痛啊！」直接印證了野中先生剛剛說的話。

「好痛痛痛痛！」

粗壯的樹幹一次、兩次、三次接連打在監工大叔的屁股上，就像是有人在揮動樹幹似的。野中先生在一旁目睹了整個過程，並且聽見了窸窸窣窣的說話聲。

「你才是笨蛋，大笨蛋！」

粗壯的樹幹打了監工大叔的屁股五下，隨後便掉落在地上往前滾。野中先生和剛剛被打屁股的監工大叔，瞠目結舌的看著停在腳邊的樹幹，腦中一片空白。

過了一會兒，野中先生才回過神，伸手想要碰觸掉落在地的樹幹。野中先生彎下腰，先用手指碰一碰樹幹，但是樹幹一動也不動，也沒聽見任何窸窣聲。

「這截樹幹先由我來保管。」野中先生對監工大叔說。

「剛剛發生了什麼事？到底是怎麼一回事？我的屁股竟然被這麼粗的樹幹打！這該不會是你搞的鬼吧？你是不是施了什麼妖術？你是不是魔術師？」

野中先生冷靜安撫監工大叔的怒氣。

「請冷靜一下，不要生氣，你會嚇到也是很正常的。老實告訴你，我們現在還不知道是什麼妖怪住在窸窣森林裡，不過這截樹幹應該是被你們砍掉的大樹的一部分，說不定妖怪就藏在這截樹幹裡，不然就是妖怪控制了這截樹幹，用它打你的屁股。無論如何，我會把這截樹幹拿給專家檢查，應該能掌握重要線索。」

監工大叔一聽到野中先生說「有妖怪住在窸窣森林」，忍不住看著腳邊的樹幹後退了兩步。接著，他像是要甩掉什麼髒東西似的用力搖頭，並且喃喃自語。

「你說窸窣森林有妖怪？妖怪住在樹幹裡面？還要拿樹幹給專家看？你說的專家是什麼專家啊？你究竟是誰？」

野中先生滿臉笑容的對監工大叔說：

「初次見面就向你介紹過了，我是市公所地區共生課的課長。我們的工作是協助人類與妖怪共生共存，課內當然也有妖怪專家。不過我想拜託你保密，千萬不要把這件事說出去，畢竟還有很多人不希望自己住的地方與妖怪扯上關係，要是這片開發地有先住妖怪的消息傳了出去……對於推動住宅區開發的相關人士來說絕對是不利的。你說對吧？」

說完後，野中先生請剛剛被打屁股的監工大叔幫忙，一起將又粗又大的樹幹搬上汽車的副駕駛座，再用安全帶將樹幹牢牢固定在座椅上，畢竟開車的時候，要是樹幹在車上發狂亂動，那就糟糕了。

就這樣，野中先生開車載著詭異的樹幹回到了市公所。

回到市公所後，野中先生拜託市公所停車場的警衛大叔幫忙，一起將又大又重的樹幹搬回地區共生課的辦公室。

女神小姐看到課長帶回一截樹幹，好奇的詢問：「老大，這是什麼啊？」

「不瞞你說，窸窣森林的案子很難辦啊！」野中先生說：「市公所的建設工程局明明還沒有核發整地許可，但是我今天去窸窣森林卻看到樹木都被砍光了。我去找現場監工的負責人抗議，結果這截樹幹竟然自己飛過來打了監工大叔的屁股，而且還連打五下！當時我有聽到這截樹幹在說話，雖然聲音很小，但它真的在說話！」
女神小姐興致來了，立刻探出身體小聲問：「它說了什麼？」
野中先生也壓低聲音轉述樹幹說的話。
「它說：『你才是笨蛋，大笨蛋！』」
女神小姐「咻」的吹了一聲口哨，輕聲驚呼：「太神奇、太意外、太巧合了！」接著興致勃勃的跑到辦公室角落，盯著放在地上的詭異樹幹看。
「那麼這截樹幹很可能被妖怪附身嘍？既然如此，就用那招吧？還是做一下比較好，有了那個才安心啊！」

「說得也是，」野中先生說：「就這麼做吧！你去準備一下。」

「乒乒叮叮咚，包在我身上！」

女神小姐喊完令人摸不著頭緒的話後，立刻打開辦公桌最下方的抽屜，在抽屜裡東翻西找，拿出一些材料開始動手。

不一會兒，等滑瓢爸爸開門走進辦公室時，女神小姐已經完成了工作，她做的是一條精美的注連繩（注③）。她將兩束稻草往左繞成一條草繩，再依序綁上以三、五、七等單數股做成的稻草束，讓它垂落下來，稻草束之間再綁上紙垂，這樣一來，一條正統的注連繩就完成了。

滑瓢爸爸走進辦公室時，正巧看見野中先生抱著一根樹幹，女神小姐將注連繩綁在樹幹上的情景。他十分好奇的開口詢問。

「發生什麼事了嗎？為什麼要綁注連繩？這截樹幹又是怎麼一回事？」

為了回答滑瓢爸爸的問題，野中先生將今天在窸窣森林發生的事從頭到尾說了一遍。

「原來是這麼一回事，我明白了。你們認為妖怪可能藏在樹幹裡，所以才要掛上注連繩，把妖怪封印在裡面對吧？」

女神小姐得意洋洋的說：「這條注連繩是我做的！我的興趣就是做注連繩，我還會做那種很粗的注連繩喔！」

滑瓢爸爸有些不知所措，只好看著她說：「呵呵……這真是少見的興趣，很特別呢！」

「對了，我也很會做稻草人喔！」

「呵呵、呵呵……」滑瓢爸爸尷尬的點了點頭。

這時，站在一旁的野中先生冷靜的說：

「事不宜遲，滑瓢先生，請你立刻檢查一下這截樹幹，看能不能找出是什麼妖怪在控制它，也要確認一下妖怪是不是還躲在裡面。滑瓢先生，這件事你是專家，該你出馬了。」

注③：注連繩是一種用稻草編成的繩子，常見於神社，有辟邪作用。

三

尋找蛛絲馬跡

滑瓢爸爸仔細查看綁著注連繩的樹幹，野中先生和女神小姐則在一旁屏住呼吸，等待調查結果。

滑瓢爸爸閉著眼睛，雙手手掌緩慢的來回撫摸樹幹表面，接著又用鼻子靠近樹幹，宛如警犬般慎重嗅聞妖怪的味道。然後他睜開雙眼，細心查看樹幹的每一處，最後雙手用力舉起樹幹，口中唸著咒語，同時像打鼓一樣用手輕敲樹幹。

「這截樹幹裡什麼都沒有。」

緊張的氣氛突然放鬆下來，野中先生和女神小姐嘆了一口氣，他們在感到放鬆的同時也覺得有些失望。

野中先生點點頭，盯著樹幹說：「原來妖怪已經不在樹幹裡了……我猜之前在窸窣森林，妖怪確實是隱身在樹幹裡，但他打完監工大叔的屁股後，就趁著樹幹掉落在地的那一刻跑走了。我雖然什麼也沒看見，但一定是這樣。」

滑瓢爸爸接著解釋：

「當妖怪附身在某項物體上的時候，被附身的物體一定會產生變化，可能是觸感、味道、外觀或重量跟之前有所不同，只要仔細調查絕對能找到奇怪的地方，可是這截樹幹完全看不出異狀。」

「好厲害！不愧是專家，說的話就是不一樣！」女神小姐喃喃自語，對滑瓢爸爸說的話敬佩不已。不過滑瓢爸爸和野中先生並沒有理會她，而是盯著樹幹看。

野中先生提出疑問：

「假設妖怪現在已經不在樹幹裡，那這裡頭會不會留有妖怪的蛛絲馬跡呢？我的意思是，有沒有什麼線索可以找出窸窣森林妖怪的真面目？」

滑瓢爸爸緩慢的搖了搖自己的大頭。

「很抱歉，我沒有找到任何線索。我們要找的很可能是善於隱藏形體的妖怪，我在樹幹上連細微的痕跡都沒找到。不過別擔心，我家阿一或許可以用他的千里眼找到我遺漏的線索，畢竟他的眼睛就像望遠鏡一樣，可以看到很遠的東西；也像顯微鏡一樣，不會漏掉任何細微證據。」

「阿一是誰啊？」

滑瓢爸爸回答女神小姐的提問。

「我們家有三個小孩，阿一是年紀最大的男孩，也是妖怪一目小僧。他只有一隻眼睛，可是他的眼睛可以看穿一切，真的很厲害。」

「超酷的！」女神小姐小聲的說。

聽到滑瓢爸爸的建議，野中先生重新燃起了希望，他興致高昂的探出身體說：

「這真是個好點子！阿一或許能找出蜘絲馬跡，不對，他一定能找到線索，我現在就把樹幹帶去你家！」

「我也可以一起去嗎？我想認識妖怪一家，和大家做朋友。」

可惜野中先生命令女神小姐在辦公室留守，她只好心不甘情不願的放棄，乖乖服從主管的指示。

野中先生和滑瓢爸爸合力抬起樹幹，把它搬上停在停車場的汽車。兩人一起搬樹幹時，滑瓢爸爸將裝飾著金色獅子頭的枴杖夾在腋下，那根枴杖是之前集合住宅區舉辦夏日祭典時，滑瓢爸爸在二手攤位買的。他很喜歡這根枴杖。

不過滑瓢爸爸並沒有發現，當他用腋下夾著枴杖時，金色獅子的一雙眼睛發出了三次閃光。若是滑瓢爸爸、野中先生或女神小姐能在這一刻發現獅子眼睛發出的閃光，又或者滑瓢爸爸能像檢查樹幹一樣，仔細查看自己的枴杖，他們就能找到窸窣森林的妖怪了。

在綁上注連繩之前，妖怪早就離開了樹幹，沒人發現妖怪趁著滑瓢爸爸走進辦公室的空檔，躲進了那根枴杖的獅子嘴巴。妖怪就這樣藏在獅子嘴巴裡，跟著滑瓢爸爸回家。

沒錯，窸窣森林的妖怪轉移到滑瓢爸爸手中的枴杖，跟著野中先生的車一起前往九十九公館。

當滑瓢爸爸他們把沉重的樹幹搬進位於地下十二樓的家時，滑瓢爸爸立刻將原本夾在腋下的枴杖放進玄關入口旁的傘架，那是他平時放置枴杖的地方。

此時早已起床的妖怪們散完步回家，各自在自己喜歡的地方做自己喜歡的事。

滑瓢爸爸和野中先生將樹幹放在客廳地毯上，家裡其他妖怪紛紛跑出來湊熱鬧，想知道這截樹幹的由來。有趣的是，直到這一刻，仍然沒有人發現窸窣森林的妖怪，正悄悄躲在枴杖頭部的獅子嘴巴裡，偷偷觀察客廳的情況。

九十九一家齊聚在客廳，一目小僧阿一用額頭中間的大眼睛仔細查看地上的樹幹。阿一的眼睛立刻看出妖怪留在樹幹裡的線索，儘管滑瓢爸爸、野中先生和家裡的其他妖怪都看不見，但阿一還是發現了那個極其細微的痕跡。

「樹幹上有腳印。」阿一說。

「你說什麼？」野中先生和滑瓢爸爸驚訝的面面相覷。

「在哪裡？哪裡有腳印？」

天邪鬼阿天覺得這件事情很有趣，低頭看著樹幹。

「什麼樣的腳印？大的還是小的？」

山姥奶奶也從阿天身邊探出身體。

「是很小很小的腳印，大概只有米粒的一半，不知道是貓還是狗？總之，那個腳印很像四隻腳的動物，」阿一瞪大自己的一隻眼睛，盯著樹幹說：「腳印就從這邊的樹幹，消失在那個小小的節孔前。我想妖怪一定是進入了那個洞。」

「你的意思是妖怪躲在樹幹上的節孔裡嗎？那個小不點還在洞裡嗎？」見越入道爺爺問。

阿一再次仔細查看樹幹，接著搖了搖頭。

「沒有，他不在了。無論是樹幹裡或樹幹上，都沒看見那個傢伙，他不知道跑到哪裡去了。」

「果然如此……」滑瓢爸爸低聲說。

「不過阿一發現了線索，」野中先生充滿希望的說：「我們從阿一剛剛說的話知道一件事，那就是妖怪會留下只有米粒一半大小的腳印。雖然我們看不到，但可以確定那個妖怪是像貓或狗這類有四隻腳的生物。」

山姥奶奶不耐煩的說：「只有這個線索怎麼知道是什麼妖怪？那傢伙到底是誰啊？」

可惜在場的每個人都無法回答山姥奶奶的問題。

轆轤首媽媽之前就聽滑瓢爸爸說過窸窣森林的事情，她嘆了一口氣，伸手輕輕撫摸樹幹。

「雖然不知道妖怪的真面目，但我為他感到不捨，他居住的森林已經消失了，真的好可憐。」

就在此時，天邪鬼阿天突然咿兮兮兮的笑了起來。

「那個傢伙一生氣，說不定會找人類報仇喔！他會一個一個找出砍掉森林蓋房子的人，向他們報仇！」

「哎呀，那可就糟了！」

山姥奶奶嘴上這麼說，臉上的表情卻似乎有些開心。擅長洞察人心的女兒小覺，靜靜盯著奶奶。

「你剛剛明明想著『要是這樣就有趣了』，對吧？」

山姥奶奶被滑瓢爸爸瞪了一眼，故意咳了兩聲清清喉嚨，才轉頭看向旁邊裝作一副沒事的樣子。

「至少我們現在釐清了一件事。窸窣森林就跟傳聞說的一樣住著神祕妖怪，那個妖怪躲在樹幹裡，用樹幹打監工大叔的屁股。雖然我們不知道那個妖怪現在在哪裡，但可以確定他一定就在某個地方……如果真是如此，我們得趕快找出那個妖怪，並且為流離失所的妖怪盡快找到地方安置，還要和他討論未來的生活……」

滑瓢爸爸沉默的點了點頭。

聚集在客廳的每個人，全都盯著躺在地毯上的樹幹看，猜想著失蹤的妖怪究竟去了哪裡。

他們完全不知道，自己要找的妖怪就藏在自家的玄關旁。

四

獅子頭枴杖裡的妖怪

滑瓢爸爸和野中先生將樹幹搬進九十九公館的隔天，正好是星期六。通常滑瓢爸爸不用上班的日子，九十九一家都起得很晚，妖怪們會等到太陽完全西下才醒來，接著展開嶄新的一天。

轆轤首媽媽梳妝打扮後到廚房做早餐……雖說是早餐，但妖怪們都是睡到晚上才起床，而且這是妖怪們一天中的第一餐，姑且就稱之為早餐吧！

見越入道爺爺、山姥奶奶與天邪鬼阿天，打算在吃早餐前先出門散步。

第一個走到玄關的是爺爺。正當爺爺要打開大門時，立在玄關角落傘架中的枴杖，突然窸窸窣窣的說起話來。

「帶我一起去，帶我一起去。」

「我不要。」

見越入道爺爺果斷的拒絕，直接走出門外。爺爺一定是想一個人悠哉的散步吧！

接著來到玄關的是山姥奶奶。奶奶將手放在門把上時，那根獅子頭枴杖又說話了。

「帶我一起去，帶我一起去。」

「我才不要呢！」奶奶對枴杖做了個鬼臉，「很抱歉，本人不用枴杖也能好好走路，無論你再怎麼哀求我帶你出去，我也不想拄著枴杖散步。」

奶奶又做了一次鬼臉，便獨自出門散步了。

此時，獅子頭枴杖以極細微的聲音喃喃自語。

「這一家人是怎麼搞的？枴杖在那邊窸窸窣窣的說話，竟然沒人覺得害怕？」

他們不害怕也理所當然，九十九一家不會因為發生怪事而被嚇到，畢竟他們一家全都是妖怪。妖怪就是既妖且怪的傢伙，自己就很奇怪了，怎麼會因為看到怪事就吃驚呢？

躲在獅子頭枴杖裡的妖怪不清楚這家人的底細，所謂無三不成禮，他打算再次窸窸窣窣的說話嚇人。

妖怪聽見第三個走近玄關的腳步聲，那是要在吃早餐前出門散步的天邪鬼阿天。

阿天一打開門，枴杖便窸窸窣窣的說：「帶我一起去，帶我一起去。」

阿天立刻停下腳步，盯著傘架裡的獅子頭柺杖看。接著，他抓住柺杖頂部的獅子頭，將柺杖從傘架裡抽出來，對他說：「好啊！我帶你出門散步。」

就這樣，阿天和獅子頭柺杖……不對，是躲藏在獅子頭柺杖裡的窸窣森林妖怪一起出門散步。

真是奇怪，天邪鬼阿天怎麼會聽妖怪說的話，將他帶出門呢？通常天邪鬼乖乖聽話時，心裡一定在打什麼鬼主意，不得不防啊！

阿天甩著手中的柺杖，在集合住宅區的馬路上散步。他把柺杖甩得就像高速旋轉的飛機螺旋槳，將柺杖舉在頭上旋轉。這個動作讓窸窣森林的妖怪頭昏眼花，他很想出聲求救卻忍了下來，畢竟堂堂妖怪竟然尖叫求救，說出去實在太難聽了。妖怪的工作是讓人類尖叫，怎麼可以自己先尖叫呢？

就在這個時候，有一位剛結束打工準備回家的阿姨從對面走了過來，她對阿天說：

「小朋友，你這樣旋轉枴杖很危險喔，要是不小心打到別人可是會受傷的！」

聽見阿姨這麼說，阿天咿兮兮兮的笑了起來，突然在阿姨面前跳起踢踏舞。他用雙腳踏出啦噠、啦噠、啦噠、啦啦噠、啦噠的規

律節奏，還將柺杖當成指揮棒，在胸前、身體旁邊和頭上咻咻咻的揮舞、旋轉。

窸窣森林的妖怪終於忍不住了，輕聲說著「停下來，停下來」，可惜他說話的聲音實在太小，沒人聽得見。

「你看，一點都不危險，我才不會打到人類呢！」

阿天以天邪鬼特有的毒辣語氣說完，接著對瞠目結舌的阿姨露出燦爛的笑容。

「我說你啊！」阿姨氣得翻了個白眼，瞪著阿天說：「真是個不知好歹的壞孩子，你是住幾町幾號大樓的孩子？報上名來，我要去找你媽媽！」

「我是住在東町三丁目B棟的孩子，我是九十九一家的阿天，你要好好記住，可別忘了！」

「真是氣死我了，氣死我了，氣死我了！」

阿姨氣到臉色漲紅，一邊跺腳一邊離開，連路面都快被她踩出裂縫了。

天邪鬼阿天看著阿姨怒氣沖沖的背影，又咿兮兮兮的大笑出來。天邪鬼的個性就是這樣，只要有人對他指手畫腳，他就會故意去做對方最討厭的事情，而且看到對方氣到火冒三丈就開心，真是讓人受不了。

話說回來，這個讓人受不了的傢伙，又要繼續欺負窸窣森林的妖怪了。

阿天似乎愛上了邊走邊轉枴杖。他像跳舞一樣有節奏的蹦蹦跳跳，手中還不停的揮動枴杖。不僅如此，他還將獅子頭枴杖插入水溝，將獅子頭塞進垃圾桶裡攪動，甚至用它來敲打盆栽裡的小樹枝。

每次阿天惡搞，躲藏在獅子頭枴杖裡的妖怪就會小聲說「不要這樣！」或是「夠了吧！」，但是阿天似乎都沒有聽見。或許只要大聲一點，阿天就能聽見了，可惜這個妖怪在過去幾百年間，都只會用細微的窸窣聲說話，不知道該怎麼大聲表達意見，真是個可憐的妖怪啊！

過了一段時間，窸窣森林的妖怪終於受不了阿天的惡搞。他看準阿天停止揮動枴杖的空檔，悄悄從獅子嘴巴逃了出來。

當然，阿天沒有發現妖怪逃走，因為窸窣森林的妖怪不只擅長窸窸窣窣的說話，還會避人耳目、偷偷躲起來。

悄悄從枴杖逃走的妖怪，躲進化野原集合住宅區東町公車站站牌附近的草叢裡。

自從他居住的森林消失後，妖怪便躲藏在砍下來的樹幹裡，他趕在注連繩把自己封進樹幹前逃出，並在千鈞一髮之際躲進滑瓢爸爸的獅子頭枴杖。

妖怪沒想到，他最後選擇的枴杖會變成最糟糕的棲身之所。他躲在玄關角落窸窸窣窣的說話，這個奇怪的家族竟然沒人將喃喃自語的枴杖當回事。好不容易被人帶出門，卻被轉得頭昏腦脹，還被塞進垃圾桶……妖怪會想逃離枴杖也是合情合理的結果。妖怪藏在草叢裡，尋找下一個適合棲身的目標，他安安靜靜的躲藏，不讓任何人發現，屏住呼吸等待適合附身的目標出現。

這個時候，九十九一家正準備要吃早餐。現在太陽已經下山，夜色籠罩了整個城鎮，妖怪們的一天就此展開。

散步回來的見越入道爺爺、山姥奶奶和天邪鬼，此時正坐在自己的位子上。一目小僧阿一幫忙媽媽端菜、拿餐具。今天不用上班的滑瓢爸爸和有起床氣的女兒小覺正在洗臉換衣服，他們倆上桌後，還是一臉睡眼惺忪的模樣。

轆轤首媽媽將裝滿麵包的籃子放在桌子正中間，剛出爐的麵包香氣立刻在餐廳裡飄散開來。

「我要開動了！」

爺爺、奶奶與阿天同時伸手拿麵包。

此時阿一走了過來，將裝著沙拉和水果的盤子放上餐桌，裝著冰牛奶的水瓶與裝滿熱紅茶的水壺也早已放到桌上。

九十九一家開始吃早餐。山姥奶奶的嘴裡塞滿剛出爐的小餐包，她吃著吃著，突然向滑瓢爸爸抱怨。

「對了，你放在傘架裡的那根枴杖真是厚臉皮，今天竟然要求我帶它出門散步。」

「你說什麼？」正要喝熱紅茶的滑瓢爸爸，抬頭看向奶奶。

「你的枴杖也要我帶它出門散步，」爺爺開口說：「不過我果斷拒絕了，畢竟散步還是一個人去最好。」

「我有帶它出去喔！」阿天咿兮兮兮的笑了起來，接著說：「那根枴杖很適合旋轉，我在住宅區裡咻咻咻的旋轉枴杖時，被陌生阿姨唸了幾句，於是我就加快速度變出各種花樣來旋轉枴杖。」

聽完他們的話，滑瓢爸爸將裝著紅茶的杯子輕輕放在茶碟上。

「等一下，可以請你們再說一次嗎？你們說我的枴杖要求你們做什麼？」

爸爸一問完，爺爺、奶奶和阿天立刻七嘴八舌的解釋散步前發生的事。

「那根枴杖窸窸窣窣的說『帶我一起去，帶我一起去』。」

「沒錯，它小小聲的說『帶我一起去，帶我一起去』。」

「它都拜託我帶它出去了，我當然要帶它出去嘍！」

「難道是……」滑瓢爸爸一邊說一邊站了起來。

媽媽不禁伸長脖子，看著爸爸問：「難道什麼？」

「窸窸窣窣的說話聲可能是那個妖怪，就是在樹幹上留下小腳印消失的窸窣森林妖怪。他很可能偷偷躲在我的枴杖裡，對爺爺他們窸窸窣窣的說話。」

「啊，糟了！」媽媽一臉驚恐的看向玄關。

「啊，糟了！」山姥奶奶也學媽媽眨眼大叫。

女兒小覺靜靜的盯著奶奶說：「你剛剛明明在想『哇，太棒了！

有好戲看了』，對吧？」

真心話被拆穿，奶奶故意咳嗽兩聲，清清喉嚨裝沒事。

滑瓢爸爸對一目小僧阿一說：

「阿一，請你看一下我的枴杖。小心點，對方不知道是什麼妖怪，要是他突然發狂就危險了。」

九十九一家紛紛起身離開餐桌，小心翼翼的走向玄關。傘架裡放著滑瓢爸爸買的獅子頭枴杖，那根枴杖現在沾滿了泥巴，他們要仔細查看妖怪是不是還躲在裡面。

五　九十九一家出動

「不在這裡，」阿一仔細查看獅子頭枴杖後，斬釘截鐵的說：「他已經離開枴杖，不知道去哪裡了。不過，我可以確定他之前躲在這裡，就躲在獅子嘴巴裡。獅子嘴裡還留著痕跡。」

轆轤首媽媽不安的環顧家中。

「該不會妖怪離開枴杖後，躲在家裡的某個地方吧？」

阿一轉過身，一一檢視枴杖四周、家裡的走道、牆壁和天花板，接著還是搖了搖頭。

「不用擔心，他不在家裡。除了枴杖之外，家裡其他地方都沒有腳印。」

山姥奶奶輕輕嘆了口氣，小聲說：「唉，真可惜……呃，不是啦！我是說還好、還好……」

滑瓢爸爸沒有理會一臉失望的山姥奶奶，開始思考妖怪可能的去向。

「既然如此，妖怪會去哪裡呢？」

天邪鬼阿天咿兮兮兮的笑了起來。

「一定是我咻咻咻的旋轉枴杖，那傢伙被轉得頭昏眼花，所以怕得逃走了。他現在可能躲進了住宅區的某戶人家，正在做一些恐怖的事情吧！例如大口吃掉人類之類的。」

「那是一隻很小的妖怪，怎麼可能大口吃人呢？」阿一的一隻眼睛睜得大大的詢問阿天。

「那可不一定，」見越入道爺爺說：「有些妖怪平時是個小不點，需要的時候就會變大。如果他的體型也能變大，就能大口吃下人類了。」

山姥奶奶聽爺爺這麼說，忍不住生起氣來。

「這妖怪太狡猾了，怎麼可以自己吃人類呢？」

直到現在，山姥奶奶偶爾還是會想吃人，不過為了與住宅區的鄰居和睦相處，她很努力的克制自己的衝動。

要是在平時，滑瓢爸爸早就開口規勸山姥奶奶了，但是他現在沒有理會奶奶，滿腦子都在想著失蹤的妖怪究竟會去哪裡。

滑瓢爸爸輕輕撫摸枴杖頂部的獅子頭，突然變了臉色，開始喃喃自語。

「這下糟了。姑且不論妖怪會不會變大，這隻妖怪來路不明，而且現在就躲在住宅區的某個地方。我們必須在發生事情之前，想辦法找到他。」

阿一抬起頭，用自己的一隻眼睛看著爸爸。

「你打算怎麼做？」

滑瓢爸爸看了一眼手錶確認時間，現在還差三分鐘就是半夜十二點了。由於今天是星期六，滑瓢爸爸不用上班，九十九一家的起床時間比平時還晚，步調也比較緩慢。

「嗯，現在時間太晚，不方便打電話給市公所的野中先生，化野原集合住宅區管理局的的場局長一定也睡著了……」

爸爸說著說著，像是突然想起什麼事情似的笑了起來。

「對了，可以找送行狼啊！我們去拜託送行狼群幫忙，他們每天半夜都會在集合住宅區巡邏，鼻子也很靈敏，說不定能夠找出眼睛看不見的小妖怪。」

爺爺插嘴說：「既然如此，乾脆也一併聯絡河童一族和烏天狗一家，大家一起找比較快。我們住的集合住宅區很大，有很多地方可以躲，越多人找，越容易找到線索。」

「我贊成，就這麼辦吧！」媽媽少見的積極表態，「我們也幫忙巡邏吧？自己的住宅區自己守護！」

阿天咿兮兮兮的笑著說：「太好了，大家一起打敗妖怪！找出壞妖怪，找到之後一定要踩他、踢他，好好教訓他一頓！」

明明自己也是妖怪，阿天卻在玄關氣急敗壞的說要教訓窸窣森林的妖怪。

奶奶也跳出來點頭說：「沒錯，要是那傢伙變大吃掉住宅區裡的人類就糟了，我絕對不能坐視那隻妖怪危害附近鄰居！」

女兒小覺默默盯著激動的奶奶。

「你心裡明明在想『要是那傢伙吃了人，會不會也讓我嚐一口？』我說的沒錯吧？」

爸爸這次深深嘆了一口氣，對奶奶耳提面命。

「奶奶，我想你也知道，就算那傢伙吃掉人類，你也不能希望對方分你一口，因為我們家的規矩是『不能吃鄰居』。」

被爸爸這麼一說，山姥奶奶有點垂頭喪氣的問：「如果是貓呢？如果那傢伙吃的是流浪貓、流浪狗呢？讓他分我一口也沒關係吧？」

「不行！」滑瓢爸爸嚴肅的說：「流浪貓、流浪狗都是生活在集合住宅區的生物，是我們的鄰居。」

「哎喲，我都不知道你這麼有愛心，」山姥奶奶故意語帶嘲諷的說：「以後我在路上看到翻找垃圾桶的流浪貓，一定要一一打招呼，畢竟牠們都是我們的鄰居。」

爸爸見奶奶冥頑不靈也拿她沒辦法，只是輕輕的嘆了一口氣，沒再多說什麼。他可能是想現在還有更重要的事情要辦，沒時間對奶奶說教。

就這樣，當天夜裡，化野原集合住宅區的妖怪們，攜手展開一場窸窣森林妖怪大搜查！

首先，見越入道爺爺前往集合住宅區北邊的樹林，請求住在那裡的送行狼群幫忙尋找妖怪。爺爺還抱著之前妖怪藏身的樹幹，讓送行狼群聞一聞妖怪的味道。爺爺把自己變大三倍，這樣就能輕鬆抱起沉重的樹幹。轆轤首媽媽前往南町一丁目A棟屋頂的塔屋，找烏天狗一家的媽媽說明事情原委。

「那我去中央公園的滿月池通知河童一族。」山姥奶奶說。

女兒小覺一聽，立刻走到奶奶身邊說：「那我跟奶奶一起去。我負責在旁邊監視她，確保她不會和窸窣森林的妖怪一起吃掉人類、流浪貓或流浪狗。」

「嗯，這樣好，這樣很好。」滑瓢爸爸點頭贊成。

山姥奶奶輕輕「嘖」了一聲，擺出不悅的態度。

「那我跟阿天一起出門，」滑瓢爸爸說：「我跟著他重新走一遍今天出門散步的路線，說不定能發現妖怪遺留的線索。我們去找找看，希望能發現蜘蛛絲馬跡。」

「我一個人去找，」一目小僧阿一眨著一隻眼說：「如果發現什麼線索，我會通知爸爸。」

不知道是幸運還是倒楣，當天晚上從九十九一家開始吃早餐，外面就下起了秋季的濛濛細雨。由於天空遍布雨雲，遮住了月亮和星星的光亮，濛濛細雨像一層面紗讓路燈的燈光變得朦朧。下雨的夜晚通常會比晴朗的夜晚更適合妖怪出門散步，但是這天晚上下雨，九十九一家實在高興不起來，因為他們今天要去找躲在集合住宅區的妖怪，下雨會沖掉妖怪的腳印和味道，增加搜查的難度。

滑瓢爸爸認為，窸窣森林的妖怪就躲在阿天的散步路線附近。

在濛濛細雨中，阿天帶著爸爸走一遍剛剛的散步路線，一路上都是阿天在說話。

「我就是在這裡遇到一位阿姨，她也是住宅區的住戶，我在這裡快速轉動枴杖。」

「我在這裡將枴杖的獅子頭塞進垃圾桶攪動。」

「我把枴杖插進那邊的爛泥裡。」

「我用枴杖敲打那條道路旁的盆栽。」

「我用枴杖敲落這棵行道樹的樹枝。」

「我從這裡拖著柺杖走到那裡，一路上發出吱吱嘎嘎的聲響。」

滑瓢爸爸聽著阿天的說明，心中不禁對窸窣森林的妖怪感到同情，當然也覺得獅子頭柺杖受到了無妄之災。自從在夏日祭典買下獅子頭柺杖後，爸爸一直很珍惜它，在今天出門搜查前，他還仔細擦掉了柺杖上的汙泥，直到擦得亮麗如新，才將柺杖放回玄關角落的傘架，並且對金色獅子頭悄聲說了一句話。

「你今天真是多災多難啊，先是有不知名的妖怪躲在嘴裡，還被行為粗暴的阿天帶出門散步。我想你一定累了吧？先在這裡好好休息，這次的搜查行動就不帶你出去了。」

一想到自己心愛的枴杖被阿天塞進垃圾桶攪動，還被丟進泥濘裡，滑瓢爸爸就忍不住生氣。他想著：「阿天這傢伙真會給人添麻煩，他那麼粗暴的揮動枴杖，也難怪藏身其中的妖怪會想逃。妖怪不應該遭到這樣的對待……」想著想著，滑瓢爸爸走過了東町三丁目的公車站站牌，這裡正是妖怪從枴杖逃出來躲進草叢的地方。不過這個時候，窸窣森林的妖怪已經不在公車站牌旁的草叢裡了。

妖怪在草叢裡靜靜等待適合自己躲藏的對象。隨著夜色加深，天空下起了濛濛細雨，根本沒有人會經過這附近。更糟糕的是，草叢旁的道路經常有汽車和機車通過，不僅有廢氣還有噪音，妖怪越來越討厭公車站牌旁的草叢，於是他又逃走了。

離開草叢的妖怪沿著人行道旁的雜草躡手躡腳的前進，等到遠離公車站牌，再也聞不到廢氣，聽不見轟隆隆的汽車引擎聲時，窸窣森林的妖怪走到一座小公園的入口，而且公園四周蓋了一整排透天厝。

對這隻妖怪來說，這座公園就像沙漠一般遼闊。在他眼中，這裡就是從未見過的神奇世界。

妖怪會有這樣的感嘆也很正常，他在僻靜的森林長期過著隱居生活，根本沒見過攀爬架、秋千和蹺蹺板。集合住宅區的孩子都稱這座公園為「動物公園」，裡面的遊樂器材全都設計成動物造型。

妖怪看到動物造型的遊樂器材待在安靜的公園裡，任由細雨打在身上，忍不住感到疑惑。

「這些傢伙到底是誰啊？他們在這裡做什麼呢？」

妖怪躲進公園入口的草叢，緊張的環顧公園內部，終於看到了自己熟悉的對象。

「我看過這傢伙，我知道它！」妖怪心想。

越想越開心的妖怪，甩了甩被雨淋溼的身體，偷偷摸摸的朝自己鎖定的目標邁進。

他決定以同樣的方式，躲進對方的嘴裡。

六 化野原妖怪大搜查

當天晚上，住在集合住宅區的妖怪全體出動，展開窸窣森林妖怪大搜查。烏天狗一家在空中盤旋，送行狼群在地面巡邏，河童一族在夜色和雨水的掩護下，在馬路上來回走動。要是此時有人出門散步，看到自己住的地方到處都是妖怪，一定會嚇一大跳。

幸好現在下雨又是大半夜，整個住宅區沒人在路上走來走去。

一目小僧阿一用一隻眼睛仔細查看被雨淋溼的地面，慢慢走在

公車道上。他不知道哪裡會有線索，只是沿著天邪鬼阿天平時散步的路線，以住家附近為中心，仔細尋找線索。

濛濛雨絲匯聚在一起，流入馬路旁的水溝，傳出潺潺水流聲。雨滴打在草叢和行道樹的樹梢上，發出窸窸窣窣的聲音，雨水的重量也使得小草和樹枝輕輕搖晃。

阿一在路上和兩隻送行狼擦身而過，送行狼將鼻子貼近被雨淋溼的柏油路面，還將頭伸進草叢和泥地嗅聞味道。他們在暗夜裡一邊搜查一邊抱怨。

「呿，呿，呿，都是下雨害的，雨水把味道沖走了！」

「現在這種情形，根本不可能找到妖怪。」

送行狼的嗅覺相當靈敏，簡直可以媲美味道探測器。可惜雨水沖走了窸窣森林妖怪的味道，即使是送行狼的鼻子也很難找到線索。不過阿一和送行狼不同，阿一的眼睛就像電子顯微鏡，無論多細微的痕跡都絕對逃不過他的眼睛。

阿一緊盯著人行道旁的草叢慢慢往前走，忽然間，他察覺到了異狀。

他發現有人沿著草叢，往人行道方向走的痕跡。雖說是痕跡，卻不是雜草遭到踩踏，或是地面留下腳印那種顯而易見的跡證，而是在暗夜籠罩的草叢，留下了只有阿一看得見的輕微波動。

「只有妖怪才會留下這樣的痕跡，不管是狗、貓、人類或昆蟲，都不可能留下這樣的痕跡。」

這細微的波動應該是從妖怪體內釋放的氣息，也就是人類所說的「妖氣」，是妖怪的象徵。不過，雖說同為妖怪，但要辨識出不久之前經過這裡的妖氣，是一件難度極高的事情。只有阿一的眼睛，才能找到暗夜中殘留的妖氣痕跡。

阿一循著延伸在草叢裡的細微妖氣，緩慢的走在人行道上。

這道痕跡一直延續到一座小公園，而公園的四周是一整排房屋。下雨的公園裡，可以看到設計成大猩猩模樣的攀爬架、以紅鶴當支柱的秋千，以及大象造型溜滑梯。人行道旁的街燈照著公園入口處的招牌，在下雨的黑夜中還能看到招牌上的文字。

這座小公園的正式名稱是「東兒童公園」，沙坑旁還有一尊水泥製成的粉紅色獅子像。

阿一站在寫著公園名稱的招牌旁，在雨中靜靜盯著公園內部。他發現穿過草叢的妖氣像細線般延伸到公園裡，阿一的眼睛緊追著那道妖氣的行蹤。

在黑夜中延續的妖氣痕跡，消失在沙坑旁那尊粉紅色獅子像的嘴巴裡。

就在此時，粉紅色獅子像的眼睛閃爍著詭異光芒，在黑夜中特別醒目。看來躲在獅子嘴裡的窸窣森林妖怪，也察覺到阿一發現了自己的藏身處。

阿一嚇了一跳，不由得從公園入口往後退了一步，接著對獅子像呼喊。

「你在獅子的嘴巴裡吧？」

獅子像沒有任何回應，也沒聽見細微的窸窣聲。

「我問你，你的身體會變大嗎？你會『轟』的一聲變大，然後大

口吃掉人類嗎？」阿一再問一次。

「不會，我的身體不會變大，也不會大口吃掉人類。」這次獅子像傳來了細微的窸窣聲。

阿一眨了眨眼睛，緊盯著粉紅色獅子像，偏著頭問：

「那你會什麼？你只會窸窸窣窣的小聲說話嗎？」

「才不是呢！」

窸窣森林的妖怪用盡全身力氣大聲反駁，但是聲音聽起來還是像蚊子叫一樣，幾乎快被雨聲掩蓋過去。

「我還會這一招！」

妖怪窸窸窣窣的丟出這句話，接著做出一個驚人之舉。妖怪……不對，粉紅色獅子像突然蹬了一下地面，縱身一躍跳到阿一的眼前。

阿一「哇」的驚呼一聲，一隻眼睛睜得又大又圓。

粉紅色獅子像……不，粉紅色獅子嘴裡的窸窣森林妖怪，得意洋洋的喃喃自語。

「我可以控制自己附身的對象。只要我附身在某樣東西上，或是偷偷躲在某個物體裡，就可以隨心所欲的控制它，讓它按照我的意思動起來。」

「好厲害啊！」阿一說完，看向獅子的嘴巴，「你是什麼妖怪？大家都叫你窸窣森林的妖怪，可是那座森林消失了，森林消失之後，你就不是窸窣森林的妖怪了。你是誰？」

一陣細微的窸窣聲，從粉紅色獅子像的口中傳出。

「我是狐靈。」

阿一歪著頭問：「狐靈？你是說在山谷裡大喊『喲吼』，就會回應『喲吼』的那個嗎？」

「才不是呢！」獅子像口中的妖怪回答：「你說的是木靈（注④），我是狐狸精靈，簡稱狐靈（注⑤）。」

「你說你是狐狸精靈，簡稱狐靈，那是什麼？」阿一沒聽過狐靈，腦中一片空白。

粉紅色獅子像的口中，又傳來窸窣的回答聲：

「窸窣森林一帶以前是城主大人的獵場，有好幾百隻鳥獸遭到獵捕，也有許多狐狸被殺死。死了之後失去身體的狐狸靈魂集結在一起，就形成了狐靈，也就是我。我是狐狸精靈，簡稱狐靈。」

「狐靈是會作惡的妖怪嗎？」阿一小心謹慎的問：「我的意思是，你來化野原集合住宅區，會詛咒住在這裡的人類，還是做什麼壞事嗎？像是附身在人類身上，藉此控制他們……」

「我才不會做這種事呢！」

自稱狐靈的妖怪，在獅子像口中毫不猶豫的回答。

「我不會附身在生物體內，只會附身在無生命的東西上，像是木棍、石頭或是人類做的動物雕像。只要是沒有生命的東西，我都能附身並且控制，就像這樣。」

話一說完，狐靈又開始讓自己附身的粉紅獅子像動起來，用後腳搔耳朵。

「太厲害了，水泥做的獅子竟然在搔耳朵！」

阿一打從心底感到佩服，額頭中間的單眼睜得大大的。粉紅獅子像接著呼嚕嚕的甩動身體，將身上的雨滴甩掉。

就在此時，公園前方的道路傳來腳步聲，似乎有人朝他們走了過來。

阿一轉頭看向傳來腳步聲的地方，發現來者是滑瓢爸爸和天邪鬼阿天。

「啊……那傢伙曾經欺負我，把我轉得頭昏腦脹，還讓我吃了不少苦。」躲在獅子像喉嚨深處的狐靈輕聲說。

阿一聽到狐靈說話，不經思索的就舉起食指抵在嘴上說：「噓！不要說話，安靜！要是被阿天發現你在這裡，他會認定你是壞妖怪，把你趕出去！」

狐靈立刻安靜下來，粉紅獅子像靜靜的蹲在地上，好像剛剛什麼事也沒發生。

「嘿，阿一！」滑瓢爸爸出聲呼喚，阿一嚇得跳了一下，轉頭看向滑瓢爸爸。

滑瓢爸爸站在人行道上，歪著大大的頭看向阿一。

「怎麼樣？有什麼線索嗎？」

阿一慌張的搖搖頭說：「沒有，我還沒有找到任何線索。」

「快去找啊！」阿天說：「找到之後，我要把他揍到連父母都認不出來！」

身旁的粉紅色水泥獅子像微微抖了一下，儘管一般人看不出來，但阿一還是察覺到了。

「咦？」滑瓢爸爸的大頭歪向另一邊，發現公園入口處有一尊蹲著的獅子像。

阿一看到滑瓢爸爸的舉動，不禁緊張起來，用自己的一隻眼睛盯著粉紅獅子像。

「這尊獅子像從以前就放在這裡嗎？擺在這裡會擋到公園的出入口耶……」

水泥獅子像彷彿沒聽見滑瓢爸爸的話，仍然像石頭一樣……不對，是像水泥一樣一動也不動，但是阿一看得出來，獅子像的尾巴前端十分輕微的抖了一下。

「對了！」阿一突然大叫，「我剛剛在東町公車站站牌附近的草叢中，發現了奇怪的腳印。」

滑瓢爸爸收回看向粉紅獅子像的視線，轉頭看著阿一的眼睛。

「你說什麼？你知道那個腳印往哪裡走嗎？」

「我想想……」阿一心虛得無法直視滑瓢爸爸的雙眼，一隻眼睛不由自主的四處張望，「往、往南町方向走了。不過途中……腳印在南町郵局的郵筒前消失了。」

「我們走，快去追，咿兮兮！」阿天激動的在黑夜裡上下跳動，「打敗妖怪！抓到壞妖怪！」

「阿天，你冷靜點！」滑瓢爸爸規勸阿天注意自己的行為，忍不住嘆了一口氣，「不要這樣蹦蹦跳跳的，你這樣跳，泥水都濺到旁邊去了。我們現在就去郵局查看，那傢伙很可能躲在郵筒裡，也可能躲在南町的某個地方。」

「我把這附近再仔細搜查一遍，」阿一說：「或許還會發現其他線索……」

就這樣，阿一目送滑瓢爸爸和阿天離開公園前往南町的背影，並深深嘆了一口氣。

「呼，好險啊！差點就露餡了……」阿一喃喃自語。

粉紅獅子像也大嘆一口氣，終於放鬆下來。從獅子像的喉嚨深處，傳來了窸窸窣窣的呢喃聲。

「呼，好險啊！沒有被發現……」

注④：日本傳說中寄宿在樹木裡的精靈。

注⑤：日文的木靈和狐靈讀音相同。

七 狐靈現身

等到公園四周沒有人煙，妖怪狐靈開始自顧自的對阿一說起自己的身世。

「雖說是狐狸，但狐狸也有很多種。有在天空飛的天狐，會偽裝成人類的金狐與銀狐，還有附身在人類身上的管狐……不過，變成狐靈的都不是具有妖力的狐狸。在人類聚落附近的草原或山裡築巢，平時吃老鼠或死掉的雞，過著平凡生活的狐狸突然大量死亡時，靈魂就會聚集在一起，久而久之便形成狐靈。我剛剛也跟你說過，窸窣森林一帶以前是獵場，大量狐狸遭到殺害，這些被殺的狐狸靈魂集結成一個個體，我就是這樣成形的。」

「你之前住在那片森林時，附身在什麼東西上？」阿一問。

「那裡有許多適合我躲藏的東西，有形狀特殊的岩石，枯掉的樹根，還有倒下的樹木等。」狐靈回答。

「住宅區附近雖然沒有倒下的樹木，但有石頭和枯樹根。」阿一對狐靈說。

不過粉紅獅子像的口中，傳來了狐靈的嘆息。

「不行不行，就算有石頭和樹根，但這裡太多人類了。窸窣森林平時沒什麼人煙，偶爾才有人來，這個時候我只要說『滾出去、滾出去』，人類就會嚇到跑走。唯有在沒有人類的地方，我才能盡情做自己喜歡的事情，像是讓樹根跳舞，或是躲在小石頭的裂縫中讓石頭跳來跳去。可是這裡呢？這裡太多人了，隨時隨地都有人為的噪音，真的很吵……不過這個地方很安靜就是了。」

粉紅獅子像轉頭環視公園內部，接著說：

「我看我一直住在這裡好了。獅子頭裡面待起來滿舒適的，我就躲在這裡，偶爾讓獅子跑一跑好了。」

「不行！」狐靈的話讓阿一嚇了一大跳，他眨著眼睛說：「現在是深夜而且又下雨，所以才沒有人。但這裡是公園，要是白天雨停了，人們就會到公園玩耍。如果你一不小心讓獅子像動起來，到處亂跳或在公園裡走來走去，人們就會大聲嚷嚷『水泥獅子像會動耶』，後果將不堪設想。」

獅子像歪著頭陷入沉思。感覺躲在獅子嘴巴深處的狐靈一直盯著阿一看，粉紅獅子像的雙眼發出微弱金光。

「那個……」狐靈在獅子嘴裡窸窸窣窣的說：「我剛剛就想問了，你不是人類吧？」

阿一點點頭說：「是啊，我們一家都是妖怪。爸爸是滑瓢，媽媽是轆轤首，爺爺是見越入道，奶奶是山姥，弟弟是天邪鬼阿天，妹妹是擅長洞察人心的小覺，我是哥哥，一目小僧阿一。」

粉紅獅子像聽到阿一這麼說，驚訝的張大了嘴巴。狐靈在張大的獅子嘴巴裡，以高八度的窸窣聲說：

「太酷了，全都是名人……不對，全都是名妖怪耶！好羨慕喔，我只是個沒人聽過的妖怪，而且每次報上名號大家都會搞錯，問我『是不是在山谷裡大喊喲吼，就會回應喲吼的木靈』，這情況真是討厭死了！」

阿一想起自己剛剛也問了同樣的問題，忍不住感到羞愧，整張臉瞬間漲紅起來。

稍微抱怨過後，狐靈重振精神詢問阿一。

「為什麼你們這些名妖怪要住在一起呢？你剛剛說你們是一家人，所以你們就像家人一樣，在同一個屋簷下生活嗎？你們住在哪裡？這個集合住宅區裡有妖怪之家嗎？」

面對狐靈的提問，阿一將家裡七隻妖怪以一家人的名義，住在化野原集合住宅區東町三丁目B棟地下十二樓的來龍去脈，以及住宅區裡還有其他妖怪居住的事情，全都告訴了狐靈。

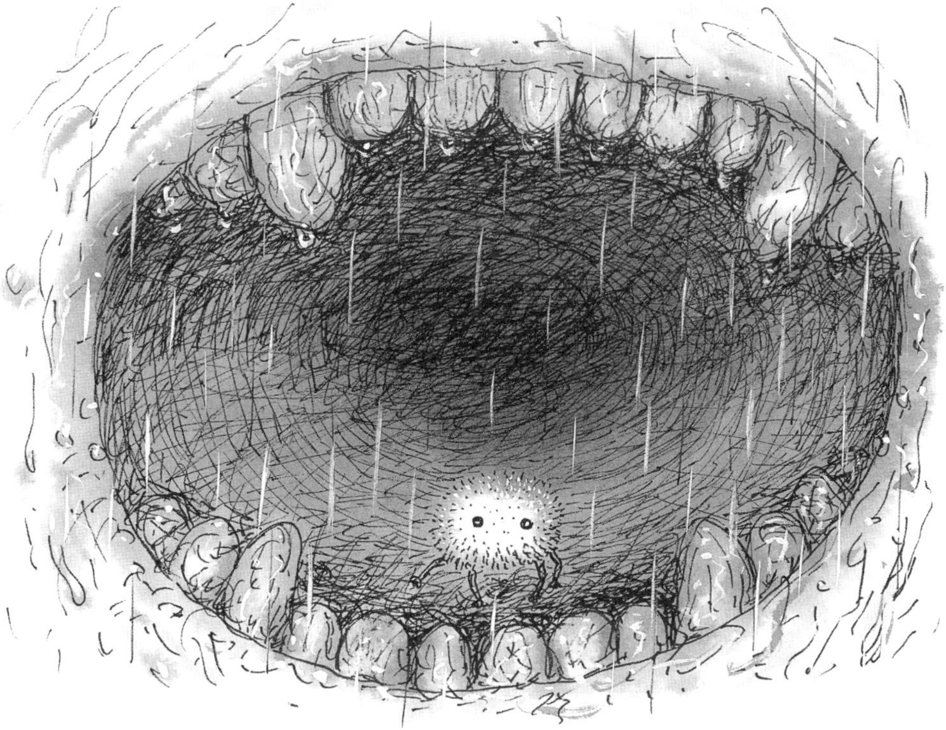

阿一說話期間，獅子像的嘴巴一直張得開開的。阿一的眼睛看見一隻小小的像是毛球的妖怪，那就是狐靈的真實樣貌。這顆小毛球聽阿一說故事聽到入迷，從獅子嘴巴深處慢慢往外走。露出真實樣貌的狐靈，外表是褐色的蓬鬆小毛球，圓滾滾的毛球長出四隻細細的腳，毛球中央有一對眼睛，看起來像黑色珠珠。

阿一說完後，狐靈已經走到獅子嘴巴的最外面，以細小的聲音大叫：

「太酷了，妖怪竟然住在人類的住宅區！沒想到公寓地底下竟然會有妖怪之家，而且這裡還住著其他妖怪，真是意想不到啊！」

看到狐靈這麼興奮，阿一說：「你可以去市公所的地區共生課找人談一談，地區共生課的人一定會幫你介紹適合居住的地方。」

「嗯……」對於阿一的提議，狐靈顯得有些猶豫，「可是地區共生課的人曾經想把我封印在樹幹裡，讓我永遠出不來。他們竟然用注連繩綁住樹幹……還好在那之前，我已經先從樹幹裡逃出來，躲進旁邊的枴杖。」

阿一心想「喔，那是爸爸的枴杖」，他現在總算明白狐靈是怎麼躲進枴杖裡的了。

狐靈繼續小聲說：「誰知道……那個剛剛走過來的不良少年，是你的弟弟天邪鬼吧？就是他一直旋轉枴杖，把我轉得頭昏眼花。在不得已的情況下，我才會逃出枴杖。」

「你應該控制枴杖，用枴杖打阿天的屁股才對。」

聽到阿一的話，待在獅子嘴裡的狐靈輕聲嘆了一口氣。

「如果這裡是我居住的窸窣森林，那我一定會這麼做，可是我在這裡人生地不熟，要是引起騷動被人類發現，那可就糟了。所以我一直在忍耐……不過你們不是人類，被你們發現也沒辦法。」

狐靈說到這裡的時候，阿一發現有人朝他們接近。轉頭一看，原來是旋轉枴杖把狐靈整得很慘的天邪鬼阿天，正往公園走來。

剛剛阿天跟滑瓢爸爸才離開公園去南町尋找線索，沒想到現在竟然會獨自折返，阿一不禁吞了一口口水。待在獅子嘴裡的狐靈也立刻閉嘴，躲進喉嚨深處。

阿一趕緊調整情緒，假裝鎮定的問：「你、你怎麼回來了？你不是去南町尋找線索嗎？」

阿天靜靜的看著阿一，開口說：「什麼啊！哥哥，你怎麼還在這裡？我知道了，你一定是在偷懶。」

「我才沒有偷懶。」阿一生氣的回答。

阿天在黑暗中盯著阿一看，接著問：「這樣啊，那你找到線索了嗎？」

「沒有，我什麼也沒找到。」阿一神情慌張的拚命搖頭，而且不等阿天說話就立刻反問：「你呢？你有找到什麼線索嗎？」

「沒有，」阿天一臉無趣的說：「南町郵局的郵筒和郵筒周邊都沒有奇怪的地方。爸爸說要集合大家，所以我是來通知你的。現在要到北公園的草坪廣場和大家交換情報，爸爸說要收集每個人手邊的資訊，開作戰會議。」

「爸爸說要交換情報？」阿一有些驚訝的問。

阿天似乎沒有發現阿一的異狀，點點頭繼續說：「沒錯，大家要說出自己找到的線索，才能鎖定窸窣森林的妖怪最有可能躲在哪一帶。鎖定範圍之後，大家再集中搜查。」

說完之後，阿天想到接下來的發展，又咿兮兮兮的笑了起來。

「這次我一定要找到那個傢伙！找到之後我要踩扁他，暴打他，把他打得鼻青臉腫！」

阿一聽到阿天這麼說，嚇到不敢動彈。他還看到蜷縮在獅子像喉嚨深處的狐靈，被阿天嚇得全身顫抖。

「我們走吧！」阿天開心的說：「爸爸要我來找你，我才過來的，你可要感謝我喔，不然你就被放鴿子了。不過幸虧你在公園偷懶，我才能很快就找到你，真是太好了！」

「我才沒有偷懶呢。」阿一小聲的抱怨，內心也越來越不安。待會兒到了北公園，滑瓢爸爸一定會問：「有找到什麼線索嗎？」、「有沒有發現窸窣森林妖怪留下的蛛絲馬跡？」

如果爸爸這麼問，阿一該怎麼回答呢？他應該和盤托出，跟爸爸說出實情嗎？只要坦白跟爸爸說：「這傢伙不是壞妖怪，請爸爸幫幫他。」滑瓢爸爸一定會出手相助。

可是……

阿天似乎心情很好，開始哼起歌來：

「哼哼哼，

打敗妖怪，啦啦啦。

我要打他，撕碎他，教訓他。

哼哼哼哼，

啦啦啦。」

聽見阿天哼的歌，阿一忍不住像狗一樣抖了抖身體，接著猛烈的搖頭，並且在心中吶喊：「不、不，不行！就算爸爸和媽媽站在我這邊，阿天和爺爺也絕對不會放過窸窣森林的妖怪。」

不只是阿天和爺爺，送行狼群也參加了今天的搜查行動，要是被他們發現陌生妖怪擅自闖進集合住宅區，說不定會張口咬他……話說回來，狐靈太小了，送行狼可能咬不到他，但送行狼很可能會一口吞下狐靈，這樣一切就結束了。

阿一不安的想著：「總之，今天先隱瞞我找到狐靈的事情好了，可是我瞞得過其他人嗎？我能對爸爸說謊嗎？而且還是要在大家面前說謊……」

阿一開始思考有沒有什麼方法可以不去北公園。就在這個時候，原本開心哼著歌的阿天突然停止唱歌，直盯著眼前被雨淋溼的粉紅色水泥獅子像，納悶的偏著頭。

「咦？」

阿一嚇了一跳，看著阿天問：「怎麼了？」

「這傢伙一直是張著嘴的嗎？剛剛看到它的時候，似乎沒有張這麼開啊？」

「你記錯了！」阿一用盡力氣大喊，站在阿天和獅子像之間，「這傢伙一直都是張著嘴的，它是獅子啊，獅子每次都是張著嘴大聲吼叫。」

「是這樣嗎？」

阿天還是緊盯著獅子像不放，阿一只好慌張的抓起阿天的手往外走。

「好了，我們快走吧！不是說要去北公園集合嗎？爸爸他們在等我們了，得趕快過去才行。」

他們快步往北公園前進時，阿一只回頭看了公園入口一眼。

路燈的朦朧燈光照在粉紅獅子像上，粉紅獅子像孤單寂寥的蹲在雨中。

阿一看到獅子嘴巴合了起來，內心再次一驚，要是被阿天發現獅子嘴巴合起來就糟了。

「我們從這邊過去比較快，這是捷徑。」阿一趕緊將阿天帶開。

兩人越走越遠，走到再也看不見公園，走到再也看不到粉紅獅子像，只有安靜的雨幕像面紗一般籠罩在黑夜中。

八 阿一的祕密

化野原集合住宅區的妖怪們，早就聚集在北公園的草坪廣場。

或許是因為濛濛細雨淋起來很舒服，所以河童一族在公園草叢間隨興的或坐或臥，談天說地；擁有敏銳嗅覺的送行狼群還在低頭嗅聞地面，尋找公園裡可能的蛛絲馬跡；烏天狗一家的爸爸和媽媽在天空飛翔，他們並不是在找線索，而是追逐著在空中胡鬧嬉戲的三隻小烏天狗。

阿一和阿天一抵達北公園，天邪鬼阿天就立刻找到了家人的位置，跑過去和他們會合。阿一則刻意和他們保持一點距離，站在遠處的繡球花叢前，因為他沒辦法在隱瞞祕密的狀況下，若無其事的站在家人面前。

妖怪們很喜歡當天晚上的一切。籠罩著市鎮的黑夜又深又暗，氣溫不冷不熱。雨持續降在廣場的樹梢、草叢和路邊，發出悅耳的聲音，聽起來像是在輕聲呢喃，又像在低吟哼唱。空氣中充滿清甜的草味和土味，四周完全無風。妖怪絕對不會在雨天撐傘，因為在他們的觀念裡，難得遇到下雨天，一定要淋個痛快才行。話說回來，妖怪原本就很喜歡陰暗潮溼的地方，因此只要晚上下雨，他們一定會很開心。漆黑的深夜加上面紗般濛濛細雨營造出的感覺，是最能讓妖怪沉醉其中的氣氛。

要不是心中懷抱著令人糾結的祕密，阿一一定會盡情享受今晚的氛圍。

阿一在雨中輕輕嘆氣的時候，滑瓢爸爸對草坪廣場上的妖怪們大聲呼喊。

「在場的各位，請安靜。」

河童一族停止聊天，送行狼群停止嗅聞地面，烏天狗爸爸和媽媽停止追逐小孩，他們全都看向滑瓢爸爸，只有烏天狗家的孩子們依舊在廣場草坪上來回飛翔。

滑瓢爸爸確定大家都看向自己之後，再次開口。

「各位，我想大家都知道，我們居住的化野原集合住宅區躲藏了一隻來路不明的妖怪。在大家的幫助下，今天晚上展開了尋找妖怪的行動，但是很可惜到現在都還沒有發現那隻妖怪。所以我先將大家集合起來，希望各位能互相交換情報，等重新擬定作戰策略再重點搜查可疑區域。各位覺得如何？」

公園裡的妖怪，紛紛異口同聲的回答爸爸：「贊成！」、「完全

同意！」

滑瓢爸爸晃了一下自己的大頭，隨後點了點頭說：「好，接下來請各位提供線索，無論多小的線索都可以。各位看到了什麼、找到了什麼，或是察覺到了什麼異狀，請現在說出來，什麼事都可以。我希望各位都能發言，說出自己的搜查結果。」

率先開口的是送行狼老大。

「我們在東町公車站牌旁的草叢裡，聞到了那個傢伙的味道。」

阿一聽到這個線索忍不住抖了一下，因為他發現窸窣森林妖怪氣息的地方，就在東町公車站牌旁的草叢附近。

「喔！」滑瓢爸爸問送行狼老大，「那個傢伙的味道……你是說殘留在樹幹裡，那個來路不明的妖怪氣味嗎？」

送行狼老大動了動鼻子，歪著頭想了一下。

「對，那個味道和樹幹裡殘留的味道一樣，聞起來有點像狐狸，但是和狐狸的氣味又有細微差異。」

阿一再也裝不下去了，他認為送行狼聞到的氣味，一定就是狐靈的味道。

「糟糕，被發現了，再這樣下去大家一定會找到狐靈！」

阿一沉浸在自己想法中的時候，滑瓢爸爸忽然開口問他。

「對了，阿一，我記得你之前說有發現奇怪的腳印，好像也是在東町公車站牌附近的草叢裡。」

阿一被爸爸嚇了一大跳，冷不防的往上跳了一公尺。

阿一怪異的舉動吸引了眾人的注意，阿一明明沒有心臟，卻感覺無比緊張，產生了心跳加速的錯覺。

「呃……唔……沒有……不是……嗯，對，我曾在那個公車站牌旁的草叢裡發現腳印。」阿一支支吾吾的說。

阿一一說完，現場立刻傳出此起彼落的驚呼聲。

滑瓢爸爸肯定的點了點頭，再問送行狼老大。

「然後呢？那股味道飄向哪裡？你聞出味道後，是朝什麼方向搜索呢？」

「我們沿著味道，朝東町的人行道走去……」送行狼老大遺憾的說：「可惜味道被雨沖掉，走到一半就消失了。」

滑瓢爸爸動了動自己的大頭，再次陷入沉思。

「嗯，太奇怪了，阿一明明說腳印是往南町方向走，消失在南町郵局的郵筒前啊……」

阿一坐立難安的聽著爸爸說的話。他發現的腳印……應該說是妖氣，其實並沒有往南町方向走，而是沿著東町的人行道一路延伸至動物公園。剛剛在動物公園前，阿一為了引開爸爸和阿天所撒的謊，眼看就要被識破了，他不由得緊張到心神不寧。話說回來，阿一是妖怪，哪有心神可言呢？

送行狼老大狐疑的說：「難道我聞到的味道，和你家阿一找到的腳印，是來自兩個不同的妖怪嗎？」

阿一一聽更加緊張，忍不住四處張望。阿一額頭間的那隻眼睛環視廣場四周，就在這個時候，他看見了驚人的一幕！

天啊！這可怎麼辦？他看到離北公園有一段距離的街角樹叢中，有一顆粉紅色的頭正在偷看他們的聚會。

絕對錯不了。如果是其他妖怪也就算了，但擁有千里眼的阿一絕對不會看錯。他看到一尊水泥做的粉紅獅子像！那尊獅子像蹲在住宅區馬路的轉角，而它出現在那裡的原因只有一個，那就是狐靈控制獅子像跑到了這裡。藏在粉紅獅子像裡的狐靈，應該是一路跟著阿一過來的。

正當阿一在心中大喊：「糟了，該怎麼辦？」之際，原本藏在樹叢中的獅子像竟然悄悄朝他們走過來。

「啊！」阿一忍不住大叫。

公園裡的妖怪全都轉頭看向阿一。

阿一緊張到手足無措，拚命思索自己該說什麼。

「呃，一定是雨水把味道沖到其他方向了……」

滑瓢爸爸站得離阿一有點遠，他看著阿一狐疑的搖頭。

「阿一，你說話的樣子怎麼這麼奇怪？我總覺得你今天晚上不太對勁。」

「才、才沒有不對勁呢！我說話本來就這樣。」阿一隨口搪塞了一下，然後偷偷瞄向獅子像。

完了，大事不妙！粉紅獅子像不知道在什麼時候走到大家身邊，他隱身在茂密樹叢的陰暗處，伸出一顆頭看著大家。儘管狐靈是捉迷藏高手，但他完全沒發現獅子像的粉紅色鬃毛露了出來，已經暴露了自己的行蹤。

阿一看見獅子像悄悄從陰暗處伸出頭來，再次大叫。

「我說……」

大家被阿一嚇了一跳，再次盯著他看。

阿一還是緊張得手足無措，拚命在想自己該說什麼。

「我說……那隻壞妖怪到底在哪裡啊？」

滑瓢爸爸似乎很擔心阿一，忍不住關心他的狀況。

「阿一，你還好吧？」

山姥奶奶也插嘴說：「阿一，你的行為太可疑了，真的很可疑。你是不是在隱瞞什麼？」

由於山姥奶奶是九十九一家的說謊高手，總是在隱瞞自己的真實想法，所以她一眼就能看出阿一的心虛。

見越入道爺爺不相信阿一會說謊，對山姥奶奶說：「隱瞞？阿一有什麼好隱瞞的？」

此時阿天突然咿兮兮兮的笑了起來。

「哥哥，你知道對吧？你的眼睛可以看到所有東西，你一定知道妖怪在哪裡，這就是你隱瞞的祕密對吧？」

「別說傻話了，阿一為什麼要為一隻從未見過的陌生妖怪對大家說謊或是隱瞞呢？」轆轤首媽媽說。

「這個答案問小覺就知道了。」

奶奶這麼一說，九十九一家全都轉頭看向小覺。阿一站在遠方吞了一口口水，緊張兮兮的偷瞄小覺的臉。

小覺的一雙大眼睛，不知道從什麼時候開始一直盯著阿一看。阿一慌慌張張的轉移視線，不敢看向小覺。他擔心要是自己和小覺對上眼，就會被看穿一切。阿一的一隻眼睛是千里眼，無論再遠再小的東西都看得見，而小覺的一雙眼睛可以看穿人心，不管什麼心思都逃不過她的雙眼。

「瞞不下去了！小覺一定會發現的，她會揭穿我的謊言！」阿一悲觀的在心中吶喊。

沒想到小覺竟然說：「哥哥沒有說謊，也沒有隱瞞什麼祕密，他只是參加妖怪搜查行動太過興奮，一時沖昏了頭。」

阿一覺得不可思議，不明白小覺為什麼會這麼說。

「我就說阿一沒有說謊吧！」媽媽說。

「真的是這樣嗎？」儘管小覺這麼說，奶奶還是不相信，嘟著嘴生悶氣。

滑瓢爸爸聳了聳肩說：「沒想到阿一會興奮到沖昏頭，真不像你啊！也對，在如此美好的雨夜，一定會很興奮的。不過你不要只顧著開心，我們一定要趕快抓到窸窣森林的妖怪。好吧！其他人還

有什麼線索嗎？」

爸爸轉頭看向在場的其他妖怪，阿一這才鬆了一口氣。

在場的妖怪開始熱烈討論後，阿一才偷偷看了一眼樹叢裡的粉紅獅子像。

獅子像並沒有移動位置，只是它粉紅色的鬃毛前端不小心露了出來。

「哥哥。」

小覺突如其來的呼喚，讓阿一差點嚇到跳起來。他努力保持鎮定，轉頭一看，這才發現小覺不知道在什麼時候走到了自己身後，像個影子一樣貼著他。

「小、小覺，有什麼事嗎？」阿一眨著一隻眼睛問。

小覺露出笑容對阿一說：「哥，你欠我一個人情，我可是幫你隱瞞了真相喔。那尊粉紅……」

「噓！」阿一急忙阻止小覺繼續說下去。他看了看四周，避免有

人聽見他們的對話。

幸好在場的妖怪都沒注意到阿一和小覺在做什麼，他們正熱烈討論著今晚的搜查行動。

阿一用比狐靈窸窣聲更細小的聲音對小覺說：

「求求你，不要說出那傢伙的事情。要是大家發現他，他一定會被打得很慘，那傢伙不是壞蛋。」

小覺認真的點點頭說：「我

知道，我能看穿你的心思，也能看穿他的內心。可是哥哥，那傢伙打算出面自首耶。他一路跟著哥哥過來雖然很害怕，但看到這麼多妖怪熱熱鬧鬧的聚在一起，他也感到很開心，很想跟大家做朋友。」

阿一硬生生吞下尖叫聲，他瞪大眼睛，來回看著小覺和待在樹叢後方的粉紅獅子像，最後放棄了掙扎。

「算了，他完全忘了自己是大家追捕的對象。他獨自一人在窸窣森林生活了那麼久，難怪看到這麼多妖怪會興奮。再加上今天是美好的雨夜，他一定很開心，興致高昂得就像參加祭典一樣。」

說到這裡，小覺突然驚呼一聲，阿一也忍不住跟著大叫。

他們看見一隻水泥做的粉紅獅子像，從樹叢後面手舞足蹈的跑了出來。

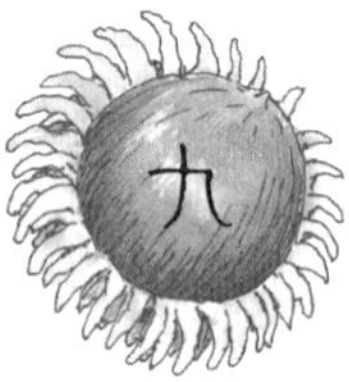

妖怪舞會

公園裡所有妖怪都看到了一隻跳舞的獅子。

那隻獅子在濛濛細雨中以後腳踩踏舞步，舉起前腳在頭上揮動，慢慢朝大家靠近。獅子頭上的鬃毛隨著步伐抖動，尾巴還打著拍子，跳舞的模樣既歡樂又輕快。

大家沒想到這麼大一尊水泥獅子像，居然可以如此靈活、開心的跳舞。

正當大家目瞪口呆的時候，見越入道爺爺打破沉默開口問：「那是什麼？」

「看起來是一尊粉紅獅子像，」山姥奶奶看得入迷，盯著獅子像疑惑的歪著頭，「我好像在哪裡看過它……」

轆轤首媽媽太過震驚，伸長了脖子說：「那是東町動物公園的獅子像！」

「原來如此，難怪我會覺得眼熟。那尊獅子像如同石頭般，一直蹲在沙坑旁邊，沒想到居然會跳舞，真是太令人驚喜了。到底是誰教它跳舞的？你們快看！那個舞步……也太會跳了吧！」山姥奶奶驚喜的點了點頭。

山姥奶奶這麼一說，天邪鬼阿天也以高八度的聲音大喊。

「我也會跳！我很會跳舞喔！」

如果人類看到水泥獅子像在跳舞，有人說「我也很會跳舞」，其他人一定會說「現在不是較勁的時候」。可是阿天是天邪鬼，會有這樣的反應非常合理。天邪鬼這種妖怪，只要一有機會就想頂嘴，還會故意做一些忤逆別人的事，若是有人叫他往東，他一定會往西。

山姥奶奶的一句話點燃了天邪鬼阿天的較勁心，阿天喊完「我很會跳舞」就立刻跳起舞來，而且還是很認真、用心，拚了命的跳。為了證明自己比粉紅獅子像會跳舞，他踩著輕快的步伐，在大家眼前展露舞姿。在場的妖怪無不感到驚訝，紛紛盯著阿天看。

阿天的舞步真的很高超，他從輕快的波爾卡舞跳到動感十足的探戈，再從快速的捷舞跳到流暢的狐步舞。阿天靈活變換眩目的舞步，在公園裡到處穿梭。

粉紅獅子像也不服輸，一會兒用四隻腳往上蹦跳，一會兒又立起單腳旋轉，然後一會兒晃動鬃毛跳扭扭舞。

「我也來跳舞吧！」山姥奶奶說完，便跳起了猴子舞（注⑥）。

「嗯，看起來好好玩啊！」

見越入道爺爺也加入了跳舞的行列。爺爺的舞姿很特別，他站得直挺挺的，高舉在頭上的雙手合十，不停像竹子般伸長變大，下一秒又咻的收縮變小。

這個時候，在場的所有妖怪也忍不住跳起舞來。

送行狼群圍成一圈跳土風舞。轆轤首媽媽和小覺也加入圓圈，和送行狼群一起跳舞。烏天狗爸爸和媽媽也在空中跳起慢舞，繞著三個孩子飛翔。

在一旁的河童一族一起打拍子唱歌。在漆黑的雨夜，河童一族開始唱起奇妙的歌曲，美妙的和聲令人沉醉。

「咕哇庫、咕哇庫、咕哇庫、咕哇庫。

格拉可、格拉可、格拉可、格拉可。

庫魯基、庫魯基、庫魯基、魯……

下雨了，淅瀝瀝、嘩啦啦、嘩啦啦。

夜深了，囉囉啪、囉啪、啪隆。

看不見月亮的黑夜，咪喲、咪喲。

美好的夜晚，

庫魯基、庫魯基、庫魯基、魯……」

如果現在有人還沒睡，打開窗戶聆聽，可能會以為是不應該在這個季節出現的青蛙在半夜鳴叫。

河童一族繼續以悠揚的歌聲唱著「咕哇庫、咕哇庫」、「庫魯基、魯基」，跳舞的妖怪也在不知不覺間跟著唱和。

夜晚的北公園，出乎意外的舉辦了一場妖怪舞會，唯一沒有跳舞的是滑瓢爸爸和一目小僧阿一。

有著一顆大頭的滑瓢爸爸，對眼前的狀況感到不可思議，一直在想到底發生了什麼事。滑瓢的頭很大，是個很聰明的妖怪，他立刻想起一件事，也就是野中先生曾經告訴過他，在窸窣森林發生的事情。

野中先生說過，有一截樹幹飛過來打了監工大叔的屁股……如果說當時是窸窣森林的妖怪使樹幹動起來，似乎也說得通。也就是說，躲在樹幹裡的妖怪控制了樹幹，用它來打監工大叔的屁股，這是最有可能的狀況。

滑瓢爸爸心想：「如果妖怪可以控制樹幹，用它打監工大叔的屁股，那他應該也能控制水泥獅子像讓它跳舞。嗯，窸窣森林的妖怪一定辦得到。」

滑瓢爸爸盯著開心跳舞的獅子像，又想到了一件事。

「對了，剛剛在動物公園前遇到阿一的時候，這尊獅子像就坐在公園的入口。」

山姥奶奶剛剛說這尊獅子像就蹲在沙坑旁邊，這代表原本應該在沙坑旁的水泥獅子像，自己移動到了公園入口。

送行狼老大之前也說，他們在東町公車站牌旁的草叢聞到可疑的味道，還沿著味道朝東町人行道走去……動物公園就在東町人行道旁！

當所有線索都指向同一個地方時，滑瓢爸爸知道，自己找到答案了。

他搖頭晃腦的喃喃自語。

「絕對錯不了，沒想到我們正在尋找的妖怪，竟然會自己送上門來，更沒想到他會控制水泥獅子像，一邊跳舞一邊現身。我的推理絕對不會錯，一定是這樣。控制獅子像的就是窸窣森林的妖怪，絕對是他。」

阿一看到滑瓢爸爸盯著獅子像，雙眼發出了精光。

滑瓢爸爸一邊思索，一邊慢慢朝跳舞的獅子像走去。他穿過唱歌的河童一族，從送行狼群跳土風舞的圓圈隊伍旁走過，一步一步靠近獅子像。

只差一步，爸爸就要走到獅子像的面前，就在此時，阿一擋在爸爸和獅子像之間。

「爸爸，等一下！」

阿一對嚇了一跳的滑瓢爸爸大喊。

阿一跑到獅子像前面，張開雙臂擋住爸爸的去路，同時不顧一切的大吼。

「等一下，不要抓他！你要是抓了他，他會被大家揍扁的！他不是壞蛋，是個善良隨和的妖怪！」

大吼之後阿一才回過神，驚覺不妙的環顧四周。

現在已經聽不到河童一族的歌聲，也沒有妖怪在跳舞，只聽得見淅瀝瀝的濛濛雨聲。

公園裡的妖怪，全都屏氣凝神的盯著阿一、滑瓢爸爸和粉紅獅子像。

阿一回頭偷瞄一眼，發現粉紅獅子像雙手高舉，單腳抬起，像石頭一樣僵在原地，看起來就像回到了水泥雕像的狀態。不過阿一看得很清楚，狐靈的本體就縮在獅子像嘴巴的深處。

滑瓢爸爸冷靜的問阿一。

「你知道這隻妖怪嗎？我是說，你認識他嗎？」

看到爸爸嚴肅的眼神，阿一低頭說：「我們剛剛才認識，他是

狐靈。」

一旁的山姥奶奶立刻插嘴。

「喔！我知道，就是那個你喊『喲吼』，就會模仿你喊『喲吼』的妖怪嘛！」

「才不是呢！」阿一幫狐靈澄清，向山姥奶奶和所有妖怪說明，「奶奶剛剛說的是樹木精靈，簡稱木靈。獅子像裡的是狐狸精靈，簡稱狐靈。在山裡生活的狐狸們大量死亡後，靈魂會慢慢集結在一起，最後形成狐靈。那片窸窣森林的附近以前是獵場，有很多狐狸被人類獵殺，所以才會出現狐靈。」

「既然是遭到人類獵殺的狐狸靈魂，那他肯定很憎恨人類。」見越入道爺爺說。

阿天咿兮兮兮的開心笑著。

「沒錯、沒錯，這個傢伙一定會向人類報仇，對人類做出很殘忍的行為！」

「我才不會這麼做。」狐靈用幾乎聽不見的聲音回答。

不確定公園裡的其他妖怪有沒有聽見狐靈的回答，但至少滑瓢爸爸聽見了。

爸爸對著獅子像……不對，是對獅子像裡的狐靈提問。

「你說的是真的嗎？」

爸爸對在阿一身後維持跳舞姿勢的粉紅獅子像說：「你在人類的獵場被獵殺而死，卻說自己不憎恨人類？不會對人類報仇？聽起來很不合理呢！」

「怎麼會不合理呢？」狐靈窸窸窣窣的說：「我如果想向人類報仇，早就動手對付他們了。這幾百年來，我悄悄躲在窸窣森林裡一個人玩、一個人跳舞，過著隨心所欲的生活，不只沒有被人類發現，就連妖怪也不知道我的存在，悄悄開心生活了這麼久，怎麼可能還會想要報復人類呢？我只是想要找一個不受打擾，可以安穩生活的地方。」

「可是人類任意砍伐窸窣森林，毀掉你好不容易擁有的祥和生活耶！你不是應該好好教訓一下人類才對嗎？」

山姥奶奶不知道在什麼時候走到粉紅獅子像的身邊，故意說一些話想要激起狐靈的報復心。

滑瓢爸爸嘆了一口氣，出言告誡山姥奶奶。

「奶奶，你不要多嘴。」

狐靈再次窸窸窣窣的說：

「野鼠被狐狸獵捕也沒有抱怨過，牠們還乖乖的被狐狸吃掉，從來沒有因為自己的巢穴被狐狸挖開破壞就說要報復狐狸。野獸的世界就是這樣，會懷恨在心，想要報復的都是人類，不是嗎？我們的生活中從來沒有這些情緒和想法，變成妖怪之後，當然不會想向人類報仇啊！」

就在狐靈述說自己的心境時，轆轤首媽媽、小覺、河童一族、送行狼群，還有烏天狗一家，全都聚集了過來，大家圍在粉紅獅子像身邊。

「哼！話說得很漂亮，但真的是這樣嗎？」

山姥奶奶對狐靈不會報復人類的說法感到不滿，忍不住唸了兩句。一旁的小覺聽到奶奶說的話，立刻出言反駁。

「他說的是真的，狐靈沒有說謊。奶奶，你明明希望狐靈報復人類，想在一旁看好戲，還好意思這樣說？」

被小覺揭發的山姥奶奶，又故意咳嗽兩聲裝沒事。

轆轤首媽媽往前踏出一步。

「你好正直啊，真是個正直的妖怪！」說完，媽媽還伸手撫摸粉紅獅子像的鬃毛。

獅子像放鬆下來，伸出前腳害羞的搔了搔鬃毛。

「爸爸，你打算怎麼辦？」阿一還是很擔心，戰戰兢兢的看著滑瓢爸爸說：「你應該不會抓他吧？應該不會揍扁他吧？」

「我當然不會揍扁他，你可以放心，」滑瓢爸爸點了點頭，「再說我們找他的原因並不是要教訓他，而是要安置失去棲地的妖怪。」

「安置之後要做什麼呢？」阿一繼續追問。

滑瓢爸爸聳了聳肩說：「你別擔心，野中先生一定會好好思考這件事。他會幫狐靈找到新家，讓他從今以後過著幸福快樂的日子。不用擔心，交給地區共生課處理吧！」

聽到爸爸這麼說，阿一終於放下心中的大石，摸了摸胸口。

「呼，這真是太好了。」

就在此時，水泥做的粉紅獅子像舔了舔阿一。獅子像的身體前傾，從阿一身後伸出粗糙的水泥舌頭，開心的舔著他的臉頰。

「謝謝你，一目小僧，謝謝你這麼擔心我。我長這麼大，第一次有人像這樣替我著想。」

阿一摸著有些刺痛的臉頰，開心的看著獅子像。

「好了，既然如此……」

滑瓢爸爸話還沒有說完，見越入道爺爺就插嘴說：「現在是跳舞時間！」

聽到這句話之後，妖怪們大聲歡呼，又開始跳起舞來。河童一族也大聲合唱，現場再次變成了熱鬧的妖怪舞會。

轆轤首媽媽與女兒小覺拉著滑瓢爸爸，一起跟著送行狼群跳土風舞。阿一和粉紅獅子像也手牽手跳舞。阿天、山姥奶奶和烏天狗一家也跟著大家手舞足蹈。

見越入道爺爺似乎很滿意自己的舞姿，繼續高舉雙手，像竹子般伸長又縮小。

「咕哇庫、咕哇庫、咕哇庫、咕哇庫。

下雨了，淅瀝瀝、嘩啦啦、嘩啦啦。

夜深了，囉囉啪、囉啪、啪隆。

看不見月亮的黑夜，咪喲、咪喲。

美好的夜晚，

庫魯基、庫魯基、庫魯基、魯……」

這天晚上，熱鬧的妖怪舞會一直持續到黎明時分。

注⑥：流行於一九六〇年代，雙手上下揮動，姿勢類似猴子的舞蹈。

十　狐靈的新家

第二天一早，滑瓢爸爸瞬間移動到化野原集合住宅區管理局，將事情的來龍去脈全部說給的場局長聽。的場局長聽到消息，立刻打電話聯絡地區共生課的野中先生。當天是星期天，所有人包括女神小姐在內，一起趕往九十九公館。

除了滑瓢爸爸，其他家人結束妖怪舞會一回到家，立刻躺到床上呼呼大睡。因此，位於B棟地下十二樓的九十九公館十分安靜。

瞬間移動回到家中的滑瓢爸爸，開門迎接野中先生、的場局長和女神小姐。

滑瓢爸爸睡眼惺忪的說：「歡迎歡迎，請進。」

野中先生有點緊張的問：「那個妖怪現在在哪裡？」

「喔，他在那裡。他很喜歡那根獅子頭楞杖，現在正在獅子嘴裡睡覺。」

滑瓢伸手指著插在傘架裡的獅子頭楞杖。野中先生、的場局長和女神小姐，全都吃驚的看著楞杖。

女神小姐刻意壓低聲音說話，不讓楞杖裡的狐靈聽見。

「老大，我帶了注連繩，要綁嗎？」

「不用、不用，沒這個必要，」滑瓢搖了搖他的大頭說：「狐靈是很有禮貌、個性正直的妖怪，沒必要用注連繩封印他，只要好好跟他說，他不會任意跑到其他地方去。這次已經跟他說好，在野中先生幫他找到新家之前，他會乖乖待在這裡，你們不用擔心。」

光頭的的場局長點點頭說：「滑瓢都這麼說了，我們就放心吧，沒問題。」

接著，滑瓢爸爸、野中先生、的場局長和女神小姐，四人一起坐在九十九公館安靜的客廳，一邊喝著滑瓢爸爸泡的咖啡，一邊討論狐靈未來的棲所。

女神小姐來到妖怪之家卻無法見到其他妖怪，內心感到無比遺憾。但能拜訪妖怪之家已經讓她欣喜不已，她一進客廳就大喊「我的天哪，太驚人、太感動啦！」雙眼發出興奮的閃亮光芒。

客廳放著一臺大尺寸電視，女神小姐得知山姥奶奶最喜歡用它看科幻電影時，忍不住驚呼「太神奇、太意外、太巧合了！」等她在家裡繞了一圈，興奮情緒終於消退之後，她打開筆記型電腦，火力全開的敲打鍵盤，上網收集「狐靈」的相關資料。

「狐靈是一種很少見的妖怪，我搜尋比對了古今中外全日本的傳說故事和文獻紀錄，幾乎找不到目擊案例。只有一次是在……我看看……在平安時代末期京都東山的某座神社前，每到夜晚狛犬就會對路過的行人窸窸窣窣的說一些話，調查之後發現那是『狐靈』搞的鬼……咦？」女神小姐盯著電腦螢幕提出自己的疑問，「這個案例裡也有狛犬。我記得窸窣森林以前有一則和『狩座神社』有關的傳說故事，故事裡也出現了狛犬。」

滑瓢爸爸歪著大頭，仔細思考女神小姐說的話。突然間，他像是想到了什麼，「啪」的一聲拍了一下手掌。

「原來如此！原來是這麼一回事……」

在場所有人全都盯著滑瓢看，滑瓢爸爸開始說出自己的推理。

「有件事我一直百思不得其解，為什麼逃出樹幹的狐靈會躲進我的枴杖呢？後來他選擇躲進動物公園的粉紅獅子像裡，又是基於什麼原因呢？明明還有很多地方可以躲，為什麼偏偏選擇獅子像？我真的想不通。剛剛聽到女神小姐說的話，我才知道原因。狐靈原本就喜歡躲在神社的狛犬嘴巴裡，和動物、昆蟲一樣，妖怪也有自己的喜好，就像松墨天牛只會依附松樹生活，無尾熊只吃尤加利葉，狐靈也喜歡躲在狛犬的嘴巴裡。相傳神社的狛犬來自獅子，所以狐靈在找藏身之處時，才會刻意選擇和狛犬很像的獅子。人類在二十年前聽見窸窣森林傳出窸窣聲，正好是他們開始在那一帶居住的時候。也就是說，狐靈其實在很久以前，就定居在那裡了。窸窣森林的狐靈也和京都的狐靈一樣，原本是住在狩座神社的狛犬嘴巴裡，可是後來神社消失，他迫不得已只好住在森林裡的石頭或樹根裡。」

女神小姐聽了之後大叫：「我的天哪，太驚人、太感動啦！專家一出手，就知有沒有！」

坐在女神小姐身旁的野中先生，也開心的點了點頭。

「這樣的話，我知道一個很適合狐靈居住的地方喔！化野原深山裡有一處沒有人的老神社，那裡離山路有點距離，幾乎沒有人去，但鳥居旁有兩尊莊嚴的狛犬，我想想，那間神社的名稱是……」的場局長接著說：「櫟神社。我小時候曾經去那裡玩過，每年秋天橡實還會掉滿地。」

討論過後，狐靈決定住在化野原集合住宅區深山的櫟神社，平時可以躲在鳥居右側的狛犬嘴裡，過著祥和的生活。

狐靈十分喜歡他的新家，那裡環境昏暗、十分安靜，而且也很潮溼。

不久之後，有一則奇怪的傳聞，在化野原集合住宅區的人類居民之間流傳。

據說有個登山客走進集合住宅區的深山，氣喘吁吁的經過櫟神社前方時，聽見不知道從什麼地方傳來了窸窸窣窣的聲音，對著他說：「加油！加油！」後來人們就說，只要聽見窸窣聲就會遇到好事或是運氣變好。遺憾的是，若是一群人為了尋找窸窣聲而去爬山，就絕對聽不到聲音，唯有獨自一人安靜的走在山路上，才聽得見窸窣聲。

其實還有另一件不可思議的事。這件事人類並不知情，不過如果有人大半夜造訪櫟神社，就會發現原本鳥居旁應該有兩尊狛犬，但有時會只剩下一隻。

咦？另一隻狛犬跑去哪裡了呢？這個嘛，如果那隻狛犬不是在附近散步，就是去找一目小僧阿一玩了。在妖怪舞會那一晚，狐靈和阿一成為了好朋友。雖然狐靈喜歡獨處，但有好朋友相伴，對他來說也是好事。

對了，妖怪舞會結束後，滑瓢爸爸訓斥了阿一和小覺，因為他們居然對爸爸說謊。

滑瓢爸爸對阿一說：「你想保護狐靈的心意很難得，但是絕對不能對爸爸說謊，我希望你能相信我，因為我是你的爸爸。」

最後，爸爸罰阿一禁足三天，小覺則是禁足兩天。

跟阿一一起被罰的小覺說：「哥哥，我要你還我人情，你會實現我的願望吧？」

事到如今，阿一只能答應。於是，在小覺禁足的那兩天，阿一陪著小覺和娃娃梅梅托一起玩扮家家酒的遊戲。

窸窣森林的妖怪騷動事件終於告一段落，化野原集合住宅區今天又籠罩在寧靜的濛濛秋雨中。山上樹林的葉子逐漸變色，狐靈居住的櫟神社裡，也開始出現了掉落的橡實。

妖怪一族 3
窸窣森林大搜查

作者｜富安陽子
繪者｜山村浩二
譯者｜游韻馨

責任編輯｜李寧紜
特約編輯｜葉依慈
封面及版型設計｜a yun、林子晴
電腦排版｜中原造像股份有限公司
行銷企劃｜林思妤、葉怡伶

天下雜誌創辦人｜殷允芃
董事長兼執行長｜何琦瑜
媒體暨產品事業群
總經理｜游玉雪
副總經理｜林彥傑
總編輯｜林欣靜
行銷總監｜林育菁
副總監｜李幼婷
版權主任｜何晨瑋、黃微真

出版者｜親子天下股份有限公司
地址｜臺北市104建國北路一段96號4樓
電話｜(02)2509-2800　傳真｜(02)2509-2462
網址｜www.parenting.com.tw
讀者服務專線｜(02)2662-0332　週一～週五：09:00~17:30
讀者服務傳真｜(02)2662-6048　客服信箱｜parenting@ cw.com.tw
法律顧問｜台英國際商務法律事務所・羅明通律師
製版印刷｜中原造像股份有限公司
總經銷｜大和圖書有限公司　電話：(02)8990-2588

出版日期｜2024年8月第一版第一次印行
書　　號｜BKKCJ115P
定　　價｜320元
I S B N｜978-626-305-661-9

訂購服務
親子天下 Shopping｜shopping.parenting.com.tw
海外・大量訂購｜parenting@ cw.com.tw
書香花園｜臺北市建國北路二段6巷11號　電話(02)2506-1635
劃撥帳號｜50331356 親子天下股份有限公司

國家圖書館出版品預行編目資料

妖怪一族. 3, 窸窣森林大搜查 / 富安陽子文 ; 山村浩二圖 ; 游韻馨譯. -- 第一版. -- 臺北市 : 親子天下股份有限公司, 2024.08
192面 ; 17×21公分. -- (樂讀456 ; 115)
國語注音
譯自 : ひそひそ森の妖怪 : 妖怪一家九十九さん
ISBN 978-626-305-661-9(平裝)
861.596　　112020728